Ein Wahnsinnsgerät

Es war der Moment, in dem mich eine siebzigjährige Dame, ihr äußeres Erscheinungsbild ließ mich zu dieser Alterseinschätzung hinreißen, auf den Treppenstufen zum S-Bahngleis im Schneckentempo zu überholen wagte, den ich nie vergessen werde. Mein beklemmendes Gefühl steigerte sich ins Unermessliche, als ich zu realisieren begann, dass das Überholmanöver auch gelingen sollte....

Harald Baetge

Ein Wahnsinnsgerät

Harald Baetge, Jahrgang 1965,geboren in der Lüneburger Heide, lebt als Hobbyautor in Berlin.
Sein erstes Buch "Der Zehnsonnenstern" veröffentlichte er 2010. Drei Jahre später folgte sein zweites Buch "Unterwegs in der Gurungregion - ein kleiner Reisebericht", in dem er die Erfahrungen aus einer Nepalreise niederschreibt. Mit seinem dritten Buch "Ein Wahnsinnsgerät" hat er sich als Hobbyautor etabliert.

Titelbild *Der tanzende Derwisch*
von Heidi Lindenlaub

Copyright 2016 Harald Baetge
Satz, Umschlaggestaltung, Herstellung und Verlag
BoD - Books on Demand, Norderstedt
ISBN 978-3-7392-1348-4

Inhalt

Das Regal	7
Die Reisetasche	19
Auf der Treppe	33
Im Altersheim	43
Die Profis	61
Erfahrungen	78
Zellengespräche	89
Muskelstimulation	99
Musikheilung	112
Joggingtime	120
An der Bushaltestelle	129
Wandern ist der Bandscheibe Lust	141
Horch, was kommt von draußen rein	154
Volumen und Gewichte	162
Kinderwagen sind doof	170
Busübungen	185
Zieleinlauf	196

1 Das Regal

Es fing alles mit dem blöden Regal an. Das Regal an sich ist ja nicht blöd, sondern sehr nützlich, sonst hätten wir es für unser Arbeitszimmer nicht gekauft. Es war zudem noch ein Schnäppchen aus dem nahe gelegenen Einkaufszentrum. Das Blöde an dem Regal war das Gewicht und die Sperrigkeit, die letztendlich zum Rückendrama führten.

Ich begab mich also frohen Mutes in das Möbelgeschäft, um das ausgesuchte Regal abzuholen. Meine Freundin und ich hatten das besagte Geschäft eine Woche vorher aufgesucht. Dort hatten wir das Regal entdeckt und aus Zeitgründen leider nicht sofort mitgenommen. Hätten wir uns nur anders entschieden und es mit dem Stadtboten liefern lassen.

So fuhr ich alleine die drei Tramstationen, um das ersehnte Möbelstück einfach mal schnell so mitzunehmen.

Einfach so, habe ich mir gedacht.

Aber manche Dinge sind halt nicht so einfach, wenn sie auch einfach erscheinen. Oft ist dann der berühmte Haken irgendwo versteckt.

Ich betrat selbstbewusst und siegessicher den Laden und begutachtete noch einmal zur Sicherheit das Ausstellungsstück. Als ich das gute Stück für optimal befunden hatte, suchte ich mir eine Verkäuferin, um das Regal in verpackter Variante zu erwerben.

„ Ich lasse das Regal zu Ihrem Auto bringen, um es dort einladen zu können", schlug die nette Dame in einem freundlichen Ton vor. Dass sie aufgrund Ihres Kostüms wie eine McDonalds-Verkäuferin aussah, wollte ich ihr höflicherweise nicht mitteilen. Als ich ihr Angebot mit dem Hinweis ausschlug, ich sei zu Fuß und würde das Teil so mitnehmen, schaute sie mich ungläubig an.

Ich bezahlte und nahm das Paket an mich. Mit einem prüfenden fachmännischen Blick und nach einem kurzen Anheben des Paketes, entschloss ich mich, es zur nächsten

Tramstation zu tragen. Das waren gefühlte sechs bis sieben Kilogramm, sagte ich mir. Also alles machbar und tragbar.

Das Paket hatte die Abmessungen 180x80x10 cm und wirkte auf den ersten Moment recht handlich. Nachdem ich die ersten Meter vom Verkaufstresen in Richtung Ausgang in Angriff genommen hatte - den skeptischen Blick und das leichte Kopfschütteln der freundlichen Verkäuferin hatte ich nicht mehr registrieren können - spürte ich einen leichten Druck in den Fingern, der sich nach zwei Sekunden auf beide Hände übertrug und nach zwei weiteren Sekunden in einen leichten Schmerz überging, der dazu führte, dass mir das verpackte Regal aus den Händen glitt. Ich stützte das Paket mit einem Fuß ab und hielt inne, um mir eine kleine schöpferische Pause zu genehmigen. Hatte ich eventuell das Gewicht des erworbenen Stückes falsch eingeschätzt? Es waren noch einige Meter zum Ausgang, die ich erst einmal schaffen wollte, um dann einen neuen Schlachtplan zu erstellen. Ich wollte raus aus der Gefahrenzone, sprich Beobachtungszone. Mich überkam das Gefühl von fremden Leuten beobachtet zu werden, nicht nur das, sie schienen leise mit vorgehaltener Hand über mich und meine Vorgehensweise zu tuscheln. Das war mir überhaupt nicht recht. So wurde ich von ungeahnten Mächten vorangetrieben, schnellstmöglich zum Ausgang zu gelangen, was meiner Bandscheibe überhaupt nicht gefiel. Aber da Bandscheiben nicht sprechen und sich erst viel später bemerkbar machen, wenn etwas mit den zu tragenden Gewichten nicht stimmt, war ich nicht imstande, Warnungssignale zu empfangen. Das war mein Dilemma.

Durch die Automatiktür gelangte ich in den Außenbereich. Ich war in diesem Moment sehr dankbar, dass die Planer dieses Gebäudes eine automatische Einrichtung einer Drückenziehen-Konstellation den Vorzug gegeben hatten. Ein erneutes Absetzen des

Regals und die gleichzeitige Kontrolle über den Öffnungsmechanismus der Tür, hätte mich zu viel Konzentration und Kraft gekostet. Nun überlegte ich, wie ich das Regal rückenfreundlich zur nächsten Tramstation bringen konnte, obwohl ich mir in diesem Moment über die Tragweite einer eventuellen Fehleinschätzung der gesamten Transportaktion in keinster Weise bewusst war. Wie ich schon erwähnte, besitzt die Bandscheibe die gefährliche Eigenschaft, sich erst zu melden, wenn eine Revidierung des Vorganges nicht mehr möglich ist.

Ich setzte nun das Paket auf meinen rechten Fuß, um eine Verlagerung des Gewichtes zu erzielen, und begann mich allmählich fort zu bewegen. Anfangs fühlte ich mich wohl dabei und sagte zu mir:

Das wird schon funktionieren. Die ersten irritierenden Blicke einiger Passanten konnte ich nicht einfangen, da mir das gute Stück die Sicht versperrte. Ich sah nur die graue Kartonverpackung vor meinen Augen und lugte vorsichtig einige Male an dem Gegenstand vorbei, um nicht gegen eine Laterne oder irgendeines anderen festen Objektes zu laufen, welches sich auf dem Bürgersteig befinden konnte. Ich kannte ja die Strecke, die ich zu absolvieren hatte. Daher wusste ich, dass eigentlich nichts im Weg stehen konnte, wenn ich mich mittig halten würde. Aber man lugt ja doch vorbei und ist froh zu sehen, was vor einem geschieht, auch wenn nichts geschieht. Denke man nur an rücksichtslose Radfahrer oder Fußgänger, die gedankenlos über den Bürgersteig schweben.

Nach den ersten Schritten begann mein rechter Fuß zu schmerzen, da sich das Paket durch den Schuh gedrückt hatte. Jetzt machte ich mir Vorwürfe, dass ich nicht vorher im naheliegenden Baumarkt einen Streifen Schaumstoff gekauft hatte. Es wäre vielleicht angenehmer gewesen, mit schaumstoffgepolsterten Schuhen die Aktion zu bewerkstelligen. Jetzt war es zu spät, sich darüber Gedanken zu machen. Ich konnte ja unmöglich mit dem Riesenpaket, was vor einigen Minuten noch recht handlich erschien, in den Baumarkt stolpern. Da hätten ja alle Leute gelacht. Vor Schreck und Erschöpfung wäre ich bestimmt längs in den Eingangsbereich gefallen und hätte noch die teure Dekoration beschädigt. Das wäre zu viel des Guten gewesen.

Also empfand ich es als sehr ratsam, meinen schmerzenden rechten Fuß zu entlasten, indem ich einen kurzen Moment verharrte , kräftig durchatmete, um dann das Regal auf den linken Fuß zu stellen. Der Schmerz im rechten Fuß nahm sofort ab, was mich zu einem Lächeln veranlasste. Ich holte mir noch einmal ordentlich Sauerstoff, um dann mit dem vom Unwohlsein befreiten rechten Fuß allmählich weiter zu gehen. Mein linker Fuß war zum sogenannten Tragefuß geworden, der rechte Fuß logischerweise zu meinem Gehfuß.

Da mein linker Schuh ebenfalls nicht schaumstoffgepolstert war, wiederholte sich die Schmerzprozedur nun in meinem linken Fuß. Demgemäß wechselten sich Gehfuß und Tragefuß alle fünf bis sechs Schritte ab, um so die Funktion des andern Fußes zu übernehmen. Da ich mit beiden Händen das Regal festhalten musste, spürte ich eine zunehmende Belastung in meinen Fingern. Und so wippte ich im Fünfersechser-Schritt wie ein alter Akkordeonspieler über den Bürgersteig.

Nach ungefähr hundert Metern erreichte ich die erste Ampel. Da ich eine Rotphase erwischt hatte, kam ich in den Genuss einer längeren Pause, wofür ich sehr dankbar war. Ich atmete einige Male tief durch, so dass sich mein Gehirn über eine größere Portion Sauerstoff freuen konnte.

So muss es einem Bergsteiger in der Todeszone am Mount Everest ergehen , der gerade von einem Sherpa eine neue Flasche Sauerstoff bekommen hat, dachte ich mir.

Da ich nun wieder klar denken konnte, stellte ich erstaunt fest, dass ich richtig ins Schwitzen gekommen war, und mein Rücken fühlte sich irgendwie angespannt an. Ich maß dem keinerlei Bedeutung zu und setzte auch nicht zu der Überlegung an, warum sich ein sechs bis sieben Kilo leichtes Regal so schwer tragen ließ. Dass an der Sache ein Haken lag, kam mir nicht in den Sinn.

Meine Bandscheibe machte sich auch keinen Kopf und schlummerte friedlich zwischen den einzelnen Wirbeln vor sich hin, als wenn sie kein Wässerchen trüben könnte.

Die Ampel wurde grün und ich schleppte mich über die Straße. Eigentlich wollte ich es noch bis zur Tramstation schaffen, die in circa fünfzig Metern auf mich wartete. Doch mit meinen Kräften am Ende entschied ich mich kurzerhand für ein Taxi, welches auf der anderen Seite der Straße auf Kundschaft wartete. Der freundliche Taxifahrer half mir beim Einsteigen und fuhr mich nach Hause.

Ich schaffte es letztendlich in unsere Wohnung und stellte das Regal unter Stöhnen in unser Arbeitszimmer, in dem es seinen neuen Platz finden sollte.

Da meine Freundin in diesem Moment nicht anwesend war, konnte sie glücklicherweise nicht Zeuge des grausamen Schauspiels sein. Ein 43 Jähriger auf Rentnerkurs, und das alles nur eines blöden Regals wegen.

Das Paket ruhte an der Wand. Zur Begutachtung stand ich davor. Ich war mir nicht sicher, ob ich es gleich aufbauen sollte, da mir in diesen Minuten jegliche Motivation abhanden gekommen war. Plötzlich fiel mir eine schwarze zweistellige Zahl ins Gesicht, die auf dem Karton gedruckt war. Etwas ungläubig schaute ich genauer hin. Zwei kleine Buchstaben folgten der Zahl. Sie waren vom Druck schwächer, aber trotzdem war zu erkennen, dass es sich nur um eine Maßeinheit handeln konnte.

In der nächsten Sekunde wurde mir klar, dass das Regal vierundzwanzig Kilogramm wog. Irrtümlicherweise war ich von zehn ausgegangen. Oder hatte mein Gehirn bereits vor der Schleppaktion unter mangelnder Sauerstoffzufuhr gelitten, dass ich nicht in der Lage war, das Gewicht eines stinknormalen Regals einschätzen zu können, schoss es mir durch meinen intelligenten Kopf. In Sekundenbruchteilen spielte sich ein Film vor mir ab, der die letzte Dreiviertelstunde charakterisierte.

Schmerzen, angespanntes Rückengefühl, Schweiß, körperliche Anstrengung. Jetzt war mir einiges klar. Ich hatte mir vor sehr langer Zeit nach einem Bandscheibenvorfall geschworen, niemals mehr als zehn Kilogramm zu tragen. Als mir dieser Fauxpas auch zahlenmäßig bewusst wurde, schien es mir, als fiele ich in eine tiefe Ohnmacht. Ich knallte längs auf die Fußbodendielen unseres nett eingerichteten Arbeitszimmers, welches nur noch auf die Vollendung in Form des neu erworbenen Regals wartete. Meine

Brille brach entzwei und verteilte sich in alle Einzelteile.

Da ich unglücklicherweise mit weitaus mehr als der Hälfte meines Körpergewichtes auf eine Diele fiel, die nicht ganz fest an der Unterkonstruktion arretiert war und somit etwas locker saß, fiel eine blaue Glaskugel direkt auf mein rechtes Schienbein. Die Glaskugel, die ursprünglich als Glückssymbol dienen sollte, hatte sich aus einem Regal selbständig verabschiedet, welches durch das nicht fachmännisch angebrachte Holzbrett minimal angehoben wurde.

Für die Glaskugel hatte es gereicht, um vom Regalbrett langsam herunter zurollen.

„Hast Du Dich in das Paket verliebt? Oder warum starrst Du es so an, mein Schatz?"

Ich hatte gar nicht gemerkt, dass meine Freundin ins Arbeitszimmer gekommen war. So vertieft muss ich wohl gewesen sein. Erleichtert atmete ich auf. Die Glaskugel lag noch dort, wo sie schon immer gelegen hatte. Und meine Brille war auch heile!

2 Die Reisetasche

Als das Regal aufgebaut war und seinen neuen Platz gefunden hatte, war ich mächtig stolz auf mich. Meine Bandscheibe gratulierte mir und heckte einen teuflischen Plan aus, von dem ich erst Wochen später erfahren sollte. Ich streckte und reckte mich, um meinen Rücken zu lockern. Ich spürte die massive Anspannung, glaubte aber, sie mit ein paar hilflosen Verrenkungen in den Griff zu bekommen. Einige Tage später war die Regalaktion vergessen, und ich bewegte mich ganz normal durch den Alltag, als wenn nichts gewesen wäre.

Am nächsten Wochenende stand ein Besuch bei meiner Mutter an. Am Donnerstagabend packte ich meine Reisetasche mit den wichtigsten Sachen, ohne jeglichen Gedanken an Gewicht und Tragetechnik zu verschwenden.

Wozu auch?

Die Geschichte mit dem Regal und dem unterschätzten Gewicht war sozusagen in ein Paket verschnürt und von einem Kondor nach Peru geflogen worden, wo es seine letzte Ruhestätte bekommen hatte. Also alles ganz weit weg , nicht mehr greifbar.

Da wundert man sich immer wieder, wie sich scheinbar kluge Menschen gewaltig irren können. Nur, weil man es versäumt hat, in seinen Körper hineinzuhorchen.

Es war Freitagmorgen, und ich ging die letzten Meter zur Arbeit. In der linken Hand hielt ich meine Reisetasche, die ich bereits einige Minuten getragen hatte, nachdem ich aus dem Bus ausgestiegen war. Warum eigentlich links, frage ich mich heute. Links ist doch meine schwächere Seite.

Urplötzlich zuckte es irgendwo im linken Lendenwirbelbereich. Es war ein undefinierbares, schmerzfreies Gefühl. Ich stellte die Tasche ab und blieb stehen. Irgendein Mechanismus hatte sich leicht bemerkbar gemacht. Innerhalb einer winzigen Sekunde war alles anders geworden. Ich spürte eine Blockade, konnte aber nicht sagen, was es war, ich bin ja kein Arzt.

Eine innere Stimme riet mir, die Tasche ab sofort mit der rechten Hand zu tragen. Auf diesen Geistesblitz musste ich erst kommen. Und so tappte ich ohne weiteren Zwischenfall zu meiner Firma. Als ich im Büro schnellen Schrittes über den Flur lief, um zur Toilette zu gelangen, verspürte ich eine Veränderung meiner Motorik. Gestern war ich schneller unterwegs, um meine Notdurft verrichten zu können.

Heute dauerte es länger, nicht die Verrichtung der Notdurft, sondern der Weg dorthin. Ich hatte eine richtige Blockade in meinem wunderbaren Lendenwirbelbereich, der mich bei den Marathonläufen in den letzten zehn Jahren tatkräftig unterstützt hatte. Dass es sich um den Lendenwirbelbereich handelte, war mir natürlich beim Gang zur Toilette nicht bewusst. Man denkt ja auch nicht auf dem Weg dorthin an seinen

Lendenwirbelbereich, sondern eher an ein anderes Organ. Ich fühlte nur, dass ich nicht so schnell gehen konnte wie sonst, und dass dabei mein Rücken eine Rolle spielte. Muss ich wohl nächste Woche mal wieder Schwimmen gehen, dachte ich mir, als ich am Pissoir stand.

Meine Bandscheibe guckte zu mir hoch und nickte. Aber das wird dieses Mal nicht helfen, wollte sie sagen.

Schwimmengehen war bei leichten Rückenbeschwerden ein gutes Rezept. Diese Art der Selbstheilungstherapie schlug bei mir in den letzten Jahren immer gut an. Tauchten bei mir leichte Verspannungen auf, ging ich zwei-dreimal schwimmen, und dann war alles wieder okay. So einfach konnte Selbstheilung sein, ganz ohne Ärzte und Medikamente. Die Einfachheit des Lebens erstaunte mich immer wieder.

Nach der Arbeit fuhr ich zum Hauptbahnhof und stieg dort in den Zug ein, der mich nach Hannover bringen sollte. Meinen reservierten Platz hatte ich schnell gefunden und ich setzte mich, nachdem ich meine Reisetasche in dem über den Sitzen befindenden Gepäckraum verstaut hatte. Erstaunlicherweise fiel mir diese Bewegung leicht.

Wird sich schon wieder alles stabilisieren, sagte ich mir.

Vor mir in dem Gang hantierte eine kleine alte Dame mit ihrem Koffer, der mir größer erschien als meine Reisetasche. Sie schaute unsicher hin und her. Entweder schien sie ihren Platz zu suchen, oder einen geeigneten Abstellplatz für ihr Gepäck, womöglich beides. Dass sie nach jemanden Ausschau hielt, der ihr beim Verstauen des Koffers behilflich sein könnte, kam mir erst eine Sekunde später in den Sinn. Ich versuchte, höflich in die andere Richtung aus dem Fenster zu schauen, um ein Interesse für die Geschehnisse auf dem Bahnsteig vorzugaukeln. Doch da ich den Sitzplatz am Gang innehatte, und bereits eine große schwergewichtige

Person neben mir auf dem Fensterplatz saß, wirkte dieses Vorhaben mehr als unglaubwürdig. Der Mantel meines Nachbarn verdeckte mehr als die Hälfte des Fensters.

Ich wollte keinesfalls von der älteren Dame angesprochen werden, um meinen Kavalierspflichten nachkommen zu müssen, da mir ihr Koffer für meinen Körperbau viel zu schwer erschien. Angesichts der Tatsache, dass ich rückenmäßig angeschlagen war, verzichtete ich darauf, meinen Ruf als Kavalier aufzupolieren. Diesen hatte ich längst in dem Moment verloren, als ich mich von der Dame abgewendet hatte, was mir aber gleichgültig war. Meine Gesundheit war mir wichtiger. Ich wollte mich nur selber schützen. Als Kavalier hätte ich die verdammte Pflicht gehabt, ihr freundlich meine Hilfe anzubieten.

Es kam wie es kommen musste. Die ältere Frau sprach mich direkt an:

„ Junger Mann, können Sie mir mit meinem Koffer helfen?"

Wie mit meinem Koffer helfen? , schoss es mir durch den Kopf. Wie soll denn die Hilfe konkret aussehen? Können Sie sich denn nicht richtig ausdrücken?

Meine Gedanken behielt ich natürlich für mich. Sonst hätte ich noch den Hauptpreis für Unverfrorenheit gewonnen.

Ich lächelte gequält zurück. Was für eine bescheuerte Situation. Ich spürte, wie alle umstehenden Insassen mich beobachteten und auf eine Reaktion warteten.

Na junger Mann, was ist los mit Ihnen? Auf, auf, helfen Sie der Dame. Wird´s bald? schien der alte Herr mit Stock mir rüber zurufen, der über den Gang neben mir saß und mich erwartungsvoll mit großen Augen durchbohrte. Er schien über meine Situation Bescheid zu wissen und war nun gespannt, wie ich mich galant aus der Affäre ziehen würde. Seine Neugierde wich einer haarsträubenden Schadenfreude, weil er wusste, dass ich mich nur blamieren konnte.

Während meine Bandscheibe schlief, zermarterte ich mir mein Gehirn, um eine recht coole Antwort zu präsentieren. Die anderen Leute, ich will sie jetzt gar nicht näher beschreiben, schauten mich alle gespannt an. Ich kam mir vor wie auf einem Schleuderstuhl in einer Reality Quizshow, in der meine Antwort davon abhängig war, dass alle Anwesenden am nächsten Tag auch genug zu essen haben.

Ich war doch hier nicht der Lebensretter, oder sah ich wie ein Messias aus?

„Ich hab`s mit dem Rücken, es tut mir leid, dass ich Ihnen nicht helfen kann."

Es war mucksmäuschenstill geworden. Die Nachricht schlug ein wie eine Bombe.

Der Penner, das gibt´s doch nicht, schien einer zu maulen.

„Die jüngeren Leute von heute haben auch keinen Anstand mehr", raunte ein anderer.

„Die Nation geht unter, wenn keiner mehr hilfsbereit ist, und nur wegen der Hypochonder", krächzte eine Frau hinter mir, deren Onkel in beiden Kriegen an der Front seinen Mann gestanden hatte.

Oder hatte ich mir die gesamte Situation nur eingebildet?

Ich hab´s mit dem Rücken, etwas Blöderes und Einfallsloseres hätte ich wirklich nicht sagen können. Auch wenn es die Wahrheit war. Wieso war es mir nicht gelungen, einen diplomatischeren Satz zu formulieren? Wahrscheinlich dachten alle, dass ich mit meinem Rücken eine Beziehung eingegangen war. Ein Irrer, der in seinen Rücken verliebt war und auch noch mit ihm Sex hat.

Was haben Sie denn mit dem Rücken? schienen alle fragen zu wollen.

Alle sahen mich ungläubig an und wendeten sich dann von mir ab. Ich war zu einem Verräter geworden.

Irgendein Herr, der zehn Jahre älter war als ich, bugsierte das Gepäck nach oben. Die Stimmung schien sich langsam wieder zu normalisieren, und in Wolfsburg war alles wieder schick.

Was ich hätte sagen sollen? Genügend Zeit, zu überlegen, war mir während der Fahrt gegeben.

Sollte ich beim nächsten Mal nach dem Gewicht des Koffers fragen und zur Kontrolle meine mitgeführte Waage einsetzen? Gelächter im ganzen Zug würde sich breit machen. Tatsache ist, dass ich zurzeit keinen Koffer tragen kann und auch dazu stehen muss, sinnierte ich. Vielleicht hätte ich einen akuten Bandscheibenvorfall als Entschuldigung anbringen können. Mir vielen noch einige Antworten ein. Folglich kam ich zu zwei Entschlüssen.

Bringe niemals eine Krankheit beziehungsweise einen Gesundheitszustand, den du nicht hast, als Vorwand an, denn sonst bekommst du ihn später wirklich. (Ich will hier eigentlich nicht von Krankheit sprechen, denn man ist auch mit Rückenproblemen gesund!)

Und zweitens setze ich mich nicht mehr in die Nähe von hilfsbedürftigen Menschen.

Lieber lasse ich meinen reservierten Platz verfallen und stelle mich in den Raum zwischen zwei Wagen und berausche mich an der unvergesslichen Geräuschkulisse, die ein Intercity von sich gibt. Dort, im sogenannten Stehabteil, würde ich mich tausendmal wohler fühlen, als mit brenzligen Fragen und bohrenden Blicken verständnisloser Mitmenschen konfrontiert zu werden.

Dass ich mich selbst retten, beziehungsweise schützen wollte, hatte keiner von den netten Herrschaften begreifen wollen. Mit meiner gesunden Arbeitskraft unterstütze ich immerhin die Arbeitslosen, die Arbeitsunfähigen und die Rentner unseres geliebten Landes. Im Grunde hätte ich noch einen kleinen Vortrag über unseren Sozialstaat halten sollen. Die Leute hätten aufmunternd applaudiert und sich letzten Endes bei mir bedankt, weil ich im Begriff war, **sie** zu retten.

Da man sich entschieden hatte, mich nicht aus dem fahrenden Zug zu werfen, konnte ich ungehindert in Hannover umsteigen. Erfreulicherweise fuhr der Regionalzug nach Soltau erst in dreißig Minuten, so dass auch blockierte Wesen wie ich, gemütlich und stressfrei auf den acht Gleise entfernten Bahnsteig pünktlich eintrafen.

Ohne weitere Zwischenfälle erreichte ich meine Heimatstadt. Sie begrüßte mich mit viel Tränen aus den Wolken, als wolle sie ihr Mitleid mir gegenüber ausdrücken.

Als ich den nächsten Tag in den Stadtkern von Soltau vordringen wollte- und das auch noch zu Fuß, was eigentlich kein Problem war - stellte ich traurig fest, dass wirklich ein Handicap vorlag. Nein, Golf spielen war gar nicht mein Ding, ich war tatsächlich gehandicapt, bezogen auf die Schnelligkeit meiner Bewegungsabläufe.

Die Wohnung meiner Mutter lag nur fünfzehn Gehminuten vom Marktplatz entfernt. Ich benötigte demütigende fünfundzwanzig Minuten, um zum Ziel zu gelangen, was für diese kurze Strecke echt peinlich war. Als ich in die Wohnung zurück kam, fragte mich meine Mutter erstaunt, ob ich mich nicht mehr in Soltau auskenne und mich verlaufen hätte.

Ich hatte mir schon eine Ausrede zurechtgelegt und murmelte was von alten Kumpel getroffen.

Da ich sie mit meinen Problemen nicht belasten wollte, zog ich es vor, ihr den wahren Grund meiner Verspätung vorzuenthalten. Es hätte auch sein können, dass sie mich wieder los geschickt hätte, um in der nächsten Apotheke irgendwelche Wärmepflaster zu kaufen. Dann wäre ich in die Dunkelheit reingekommen, und sie hätte bei der Polizei eine Vermisstenanzeige aufgeben müssen, was ich ihr nicht zumuten wollte.

So ergab ich mich in mein Schicksal, obwohl von Ergeben eigentlich keine Rede sein konnte. Ich war mir nur nicht bewusst gewesen, dass sich in meinem Körper etwas Unfreundliches zusammenbraute. Da haben wir wieder die Heimtücke der Bandscheibe, bzw. des gesamten Rückenapparates. Ich

erinnerte mich an meine Selbstheilungsphi-
losophie des Schwimmens und war unter-
bewusstseinsmäßig beruhigt. Mein Wochenende verlief des Weiteren undrama-
tisch, so dass ich am Montag wieder meiner
Arbeit nachgehen konnte.

3 Auf der Treppe

Leider hatte ich mich getäuscht. Mein Heilungsprozess verlief nicht nach meinen Wünschen. Das Schwimmen brachte gar nichts, mein Zustand verschlechterte sich zunehmend. Ich war zwar schmerzfrei, aber die Blockade meines Körpers führte dazu, dass mein Gang noch langsamer wurde. Liebe Schwimmfreunde, nicht falsch verstehen, ich möchte Euer Hobby nicht ins falsche Licht rücken, und Eure Profession für diesen Sport möge noch genauso sein, wie vor dem Lesen dieser Zeilen. Natürlich bringt Schwimmen etwas, und ohne diese Tätigkeit wäre ich bestimmt noch blockierter gewesen und wäre beim gewöhnlichen Gehen auf dem Bürgersteig vom Besenwagen eingesammelt worden (die Marathonläufer unter uns wissen, wie ich das meine, obwohl der Begriff ursprünglich aus dem Radsport stammt).

Unmittelbar nach dem Schwimmen fühlte ich mich sehr entspannt. Das Problem lag darin, dass mein Körper nach fünfzig Schritten wieder zumachte und blockiert war. Ich war enttäuscht und ein wenig verzweifelt, dass meine Selbstheilungstheorie zum ersten Mal nicht funktionierte. Es hatte doch sonst immer geklappt, und nach zweidreimal Schwimmen war der Heilungsprozess deutlich spürbar vorangekommen, und nach einer weiteren Woche war alles wieder im grünen Bereich gewesen. Warum nur dieses Mal nicht?

Das ganze Ausmaß der Katastrophe gipfelte in folgendes Erlebnis, welches mir zwei Wochen nach dem Soltauer Wochenende wiederfuhr:

Wie gewöhnlich fahre ich 2 Stationen mit dem Bus, um am S-Bahnhof Schöneweide in die S-Bahn einzusteigen, um zur Arbeit zu gelangen. Nachdem ich aus dem Bus ausgestiegen war, ging ich sehr langsam zu den S-Bahn Gleisen und musste feststellen, dass alle möglichen Leute in der alltäglichen Montagmorgenhektik an mir vorbei zogen. Warum rennen denn alle so? schoss es mir durch den Kopf. Es lag nur an mir.

Durch meine Langsamkeit bildete ich mir im ersten Moment ein, ich wäre Teilnehmer an einem 400m-Lauf. Selbst die beiden Herrschaften im hohen Rentenalter hängten mich ab. Gerade noch neben mir, waren sie einige Sekunden später nicht mehr zu sehen. Wobei es auch zu diskutieren wäre, warum Leute im Ruhestand zu dieser unsittlichen Uhrzeit am Montagmorgen solche Hektik verbreiten müssen, und warum sie überhaupt schon auf der Straße sind.

Die Menschen um mich herum eilten schnellen Schrittes zu den Gleisen, um die nächste S-Bahn zu erreichen, die sie pünktlich zum Dienst bringen sollte. Ich, selbst erfolgreicher Marathonläufer mit olympischen Gedanken, war in diesem Moment der Depp der Nation, der es nicht auf die Reihe brachte, mit diesen Leuten Schritt zu halten. Demut umgab mich, während unsportliche Menschen mich immer wieder locker überholten. Es war niederschmetternd zu erfahren, dass sich mein Blockadezustand über das Wochenende alles andere als verbessert hatte.

Ich erreichte die Treppe, die zum Bahnsteig führte und wollte sie ganz normal hinaufgehen, wie man eben eine Treppe angeht. Das rechte Bein auf Stufe eins, das linke Bein auf Stufe zwei usw. Als ich meinen linken Fuß auf Stufe zwei zu setzen versuchte, machte es knacks und ich flog zurück auf den Bürgersteig, wo ich längs liegen blieb. Zehn Minuten später wurde ich mit dem Notarztwagen abtransportiert.

Das ist natürlich alles Blödsinn und nicht passiert.

Der Knacks war aber Realität. Er hatte mich physisch und psychisch aus der Bahn geworfen. Vielleicht ist *Knacks nicht* das richtige Wort. Es ist ungemein schwierig, diese besondere Sekunde, in der etwas in meinem

Körper geschah, treffend zu beschreiben. *Ziehen* oder *Zerren* könnte auch verwendet werden. In jedem Fall verursachte das undefinierbare Gefühl das instinktive Zurückziehen meines linken Beines von Stufe zwei auf Stufe eins. Wäre ich in der üblichen Stufengeschwindigkeit weiter gegangen, hätte es irgendwo in meinem Lendenwirbelbereich einen herben Riss gegeben , ich wäre zwischen den eilenden Leuten auf die Treppenstufe geknallt und auf den Bürgersteig gerollt. Ein Horrorszenario baute sich vor mir auf. Nun war ich gezwungen, meine Stufengeschwindigkeit auf meinen Körper einzu- bzw. umzustellen.

Ich versuchte meinen Rücken möglichst gerade zu halten und begann von neuem. Rechtes Bein auf Stufe zwei, linkes Bein auf Stufe zwei, rechtes Bein auf Stufe drei, linkes Bein auf Stufe drei, und dabei den Rücken aufrecht. Mit dieser für einen Marathonläufer eigenartigen Stufentaktik schien es zu gelingen. Ich fühlte mich wie ein armseliger

Feierabendsportler auf dem Laufband, der wie ein Irrer lief, aber einfach nicht vorwärts kam. Meine Situation glich einem Fass ohne Boden.

Der Treppenaufgang zählte ungefähr fünfunddreißig Stufen.

Die vierte Stufe war nun erreicht. Es umgab mich ein Gewusel von Menschen, in dem ich letztendlich auf der Strecke bleiben musste. Neben mir befand sich eine Frau gleichen Alters. Sie trug einen dunkle Stoffhose und unbequeme dünne Schuhe. Sie hatte eine normale Figur und bewegte sich sehr unsportlich. Trotzdem gelang es ihr, wie ein Wiesel an mir vorbei zu huschen und mein Selbstwertgefühl ganz in den Keller zu fahren. Ich war gerade im Begriff, die sechste Stufe zu erklimmen, da befand sich mein unsportlicher Flitzer bereits auf Stufe zwölf.

Sechs Stufen Vorsprung! Eine Schande für den Marathon.

Ich sah schon die Titelzeile in der Morgenpost am nächsten Tag.

Ehemaliger Marathonläufer erhängt sich am S-Bahnhof Schöneweide. Innensenator und Berliner Marathongemeinde sind bestürzt.

Ich tastete mich Stufe für Stufe langsam vor, bemüht, meinen Rücken gerade zu halten.

Mann, muss ich eine unglückliche Figur abgeben. Zum Glück lief ich nicht neben einer großen Schaufensterscheibe, in der ich mich hätte bewundern können. Ich wäre gezwungen gewesen, meinen Kopf während des Gehens zu drehen, was durch die Blockade unmöglich gewesen wäre. Es ist einfach unglaublich, welche alltäglichen Bewegungen, über die man aufgrund ihres Automatismus kein Wort verliert, plötzlich nicht mehr möglich sind.

Die Schaufensterscheibe kann ruhig kommen, ist doch sowieso egal.

Und so huschten viele Leute an mir vorbei, die im Normalfall kein Land gesehen hätten. Keine Rush Hour sondern eine Husch Hour am Morgen.

Na wunderbar. Willkommen beim Stufen-marathon.

Der unsportliche Flitzer lief gerade durchs Ziel, als ich mit Stufe zwanzig kämpfte. Eine junge Frau mit ihrem Kleinkind auf dem Arm hatte mich soeben im Laufschritt über-holt. Welche Demütigung!

Sie musste in das Treppenrennen eingestie-gen sein, als ich mich auf Stufe zehn befand. Ich bin gerade überrundet worden. Welch Sportlertragik!

Es ist sehr erniedrigend zu beobachten, wel-che Menschen imstande sind, dich auf dieser gewöhnlichen Treppe zu überholen, obwohl sie alles andere als schnell sind. Ich hege keine schlechten Gedanken gegen diese Leute, ich verabscheue sie auch nicht, nur die Situation, in die ich hineinmanövriert wurde. Im Normalfall hätte ich sie alle ab-gehängt. **Ich** würde sie alle überrunden. Mein Sportlerego litt sehr unter dieser Situa-tion.

Als meine S-Bahn in den Bahnhof einfuhr, befand ich mich auf Stufe dreißig.

Ich renne kurz hin und steige bequem ein. Das war einmal.

Während ich traurig einsehen musste, dass ich mit der nächsten Bahn fahren würde, klapperte ein Stock auf Stufe dreiunddreißig. Erstaunt blickte ich hoch. Eine kleine Frau würde vor mir auf dem Gipfel stehen, obwohl ich sie im Tal noch nicht gesehen hatte. Der Stock war vernarbt und wirkte sehr brüchig. *Der musste in den 1930er Jahren hergestellt worden sein.* Und ihre jetzige Besitzerin hatte ihn damals erhalten. War die Frau alt!

Das war die Krönung dieser Dramaturgie. Ich war nun am Ziel, geschlagen von einer Rentnerin, die bereits vor einem Jahrzehnt im Seniorenheim die Wohnstätte für ihren Lebensabend gefunden hatte. Soll sie dort glücklich sein und noch viele Jahre leben, aber wie kann sie mich am Beginn eines Arbeitstages in solch seelische Schieflage bringen?

Ich arbeite in der Wirtschaft und bin aufgerufen, das Bruttosozialprodukt zu steigern. Das war heute leider nicht mehr möglich.

Auf dem Bahnsteig erhielt ich den Siegerpokal in der Kategorie *Blockade M 40.*

4 Im Altersheim

Durch die Erfahrung auf der Treppe war mir klar geworden, dass es so nicht weitergehen konnte. Ich war davon ausgegangen, es ohne ärztliche Hilfe zu schaffen, musste aber zähneknirschend eingestehen, dass meine mir bekannten selbstheilenden Maßnahmen nicht mehr ausreichten, um die Gesundheitswende zu schaffen. Ich fühlte mich nicht krank, sondern nur erheblich eingeschränkt. Deshalb ist das Wort *Gesundheitswende* eigentlich unangebracht, aber es klingt weise und gut.

Von Spritzen und Medikamenten halte ich nicht viel. Sie vergiften nur deinen Magen und bekämpfen die wahre Ursache nicht. Ich wusste, dass es auch anders geht. Da meine Orthopädin den gleichen Standpunkt hatte, fühlte ich mich bei ihr in guten Händen und wagte einen Besuch. Meine Angst vor einem Bandscheibenvorfall war sehr groß.

Sie wird bestimmt röntgen und dann wird alles gut.

Nach einer kurzen routinemäßigen Untersuchung gab sie Entwarnung.

„Ihr Lendenwirbelbereich ist verdammt hart und sehr verspannt. Ich verschreibe Ihnen Krankengymnastik."

Das war´s. Kein Röntgen, keine weiteren Untersuchungen. Einfach nur Krankengymnastik.

Ich war richtig enttäuscht. Aber was hatte ich erwartet? Ich konnte doch froh sein, dass die von mir befürchtete Diagnose ausgeblieben war.

„Das ist alles? Ich kann nicht rennen, geschweige mal, normal gehen. Ich verpasse jeden Bus."

„Ihr Rücken ist hart wie Stein und muss gelockert werden."

„In zwei Monaten ist Halbmarathon. Schaffe ich das?"

„Ich kann Ihnen Spritzen geben, aber das trifft nicht den Kern. Geduld ist oberstes Gebot."

Krankengymnastik. Ich war doch gar nicht krank.

Geduld. Dieses Wort gefiel mir nicht. Das klang nach einer langwierigen Geschichte ohne richtiges Fundament, nicht greifbar, ähnlich einer Reise ins Ungewisse, die ich im ersten Moment nicht akzeptieren wollte. Glücklicherweise entfiel die Suche nach einem geeigneten Physiotherapeuten, da ich bereits aufgrund eines akuten Nackenleidens in Behandlung war.

Ich brauche nur ein neues Rezept einreichen und den Therapiebereich ändern.

Das dachte ich jedenfalls. Meine Praxis hatte dank Umbauarbeiten die nächsten zwei Wochen komplett geschlossen. Da ich dringend auf Physiotherapie angewiesen war und unmöglich warten konnte, begab ich mich auf Ersatzsuche und wurde fündig. Ich vereinbarte sechs Termine und war glücklich, dass es mit der Therapie weiter ging.

In zwei Wochen kann ich mit leichten Lauftraining beginnen.

In froher Erwartung, dass mir geholfen wurde, stieg ich langsam die Treppen hinauf und wurde oben von einer älteren Dame empfangen. Sie musterte mich mit strengem Blick und erinnerte mich sofort an den Typ Oberlehrerin, der uns in der Schulzeit das Leben zum Garaus machte und nicht wenigen Schülern in traumatische Zustände versetzte.

Hoffentlich komme ich hier heile raus.

Nach dem gewöhnlichen Anmeldungsprozedere wurde ich ein einen länglichen Raum geführt und gleichzeitig ins Steinzeitalter zurück katapultiert.

Seid gegrüßt Neandertaler, ich gehe auch gebückt.

„ Kabine fünf, die Fango kommt gleich. Machen Sie schon mal ihren Oberkörper frei und die Hose halb runter. Bei Ihnen war´s ja der Lendenwirbelbereich."

Ich nickte kurz und fragte mich, wo sich die Kabinen befanden.

Wo waren nur die kleinen geschlossenen Räume mit festen Wänden und richtigen Türen mit einer Klinke, die das Öffnen und Schließen ermöglicht? Alles Fehlanzeige. An der einen Längsseite des Raumes standen acht gepolsterte Liegegestelle nebeneinander, die jeweils durch einen grauen Stoffvorhang voneinander getrennt waren, um die Privatsphäre zu wahren. Oben an der Wand waren einfache Leichtmetallrohre befestigt, an denen die Vorhänge hingen. Die Stirnseite dieser sogenannten Kabinen war ebenfalls mit einem Vorhang gleichen Stoffes und gleicher Farbe versehen. Der Fußboden war mit marmoriertem Linoleum ausgelegt.

Der Raum erinnerte mich an ein Lazarett aus dem zweiten Weltkrieg. Es roch nach Salbe und alten Menschen. Hier, in diesen heiligen Hallen der Physiotherapie sollte mein Heilungsprozess starten.

Ich saß auf der Bettkante mit freiem Oberkörper und aufgeknöpfter Jeans und wartete auf meine Fangopackung, die meinen lädierten Rücken Wärme geben sollte. Meinen beigefarbenen Nierenwärmer aus Schurwolle, den ich seit Jahren trug, hatte ich noch rechtzeitig verstecken können.

Für den entscheidenden Moment wollte ich meine jugendliche Männlichkeit bewahren, wenn mich die Schwester mit der heißen Fangopackung begrüßen sollte.

Es war wie bei einem Blind Date, da die Oberlehrerin nur für die Anmeldung verantwortlich war. Da ich selbstständig und ohne fremde Hilfe meine *Kabine* gefunden hatte, wartete ich nun gespannt auf die Fangoschwester. Der erste Kontakt sollte in jedem Fall nierenwärmerlos über die Bühne gehen.

Es wäre einfach peinlich gewesen, mit dem hautfarbenen Teil vor ihr zu stehen. Immerhin war ich Sportler und kein nach Salbe stinkender alter Mann.

Ich fror ein wenig, als die Schwester mit der ersehnten Wärme den Vorhang beiseiteschob und mich freudig begrüßte, als hätte sie den ersten Preis im Kennlernwettbewerb gewonnen. Sie war zehn Jahre jünger als die Oberlehrerin und wirkte tatsächlich freundlich.

„Na dann wollen wir mal, junger Mann."

Ihre Wortwahl wirkte sehr aufgesetzt. Denn sie hielt es nicht mal für nötig, mich direkt anzuschauen, wie es bei einer Begrüßung üblich ist. Das war bestimmt ihr Standardbegrüßungsspruch, um die Rentnergeneration, die hier nun mal das Hauptklientel bildete, seelisch aufzubauen. Es war acht Uhr morgens und fast alle Kabinen waren von älteren Menschen belegt.

Was wollen wir denn jetzt? Hat sie etwas Bestimmtes vor mit mir? Nee, nee Mädel, so nicht. Stell Dich erst einmal richtig vor!

Guten Morgen, ich bin die Frau Gesundsein und werde Ihnen das heiße Teil unter ihrem süßen Hintern schieben, damit Sie wieder richtig gesund werden, junger Mann, Sie verstehen?, hahaha.

Nennen Sie mich nicht junger Mann, Sie müssen mir in die Augen schauen, wenn Sie mit mir reden ,alte Frau.

Alte Frau? Wie sprechen Sie zu mir, was für eine Unverfrorenheit, Herr Rückenblockade M 40.

Ich wurde gebeten, mich auf den Rücken zu legen und eine kleine geschmeidige Brücke zu bauen. Schwester Fango legte mir die Packung genau in Höhe meines Lendenwirbelbereiches auf das grün gepolsterte Liegegestell.

„ So, jetzt können Sie."

Was kann ich? Was wird das jetzt? Ich will gar nicht können.

Ich wusste schon, wie Frau Fango das meinte, bildete instinktiv meine Brücke zurück und versenkte meinen zu behandelnden Bereich in die heilende Oase.

„ In zwanzig Minuten bin ich wieder da. Ich wecke Sie dann, wenn Sie eingeschlafen sind."

Wohlige Wärme stieg in mir auf. Ich spürte, wie sich mein Lendenwirbelbereich langsam zu entspannen begann. Ich starrte auf die weiße Raumdecke und erkannte einige feine Haarrisse. Ich versuchte, sie zu zählen und ihre Länge abzuschätzen. Nach einigen Minuten schloss ich meine Augen und versuchte in einen kurzen Schlaf einzutauchen.

Frau Meier war über siebzig Jahre alt. Sie wohnte mit ihrem Mann im Lindhorstweg in einer viel zu kleinen Wohnung. Aufgrund der niedrigen Rente konnten sie sich keine größere Wohnung leisten. Ihr Mann litt an chronischen Kniebeschwerden, die gemeinsamen Spaziergänge durch die Königsheide waren immer seltener geworden. Ihr Schwiegersohn lag bereits seit vier Tagen mit einer bakteriellen Lungenentzündung in der Charité. Die Tochter war deshalb gezwungen eine karriereentscheidende Weiterbildung abzusagen, um das Enkelkind der armen Frau Meier zu pflegen, welches mit vierzig Grad Fieber das Bett hüten musste. Sie selber, also Frau Meier, war aus Gesundheitsgründen nicht mehr in der Lage, das Kind ihrer Tochter für einige Tage zu sich zu nehmen, damit sie, die Tochter, die Fortbildung doch noch wahr nehmen konnte. Das alles belastete Frau Meier sehr.

Frau Stanislawski lebte ebenfalls im Lindhorstweg und war seit einigen Jahren leider verwitwet. Sie beklagte den Tod einer lieben Nachbarin, die kürzlich an einer schrecklichen unheilbaren Krankheit gestorben war und in drei Tagen auf dem Friedhof Südostallee beerdigt werden sollte. Die Trauer war sehr tief, da die beiden Frauen gemeinsam mit ihren Männern vor vierzig Jahren in den gleichen Wohnblock gezogen waren und Tür an Tür gelebt hatten.

„ Mein Mann ist vor vier Jahren auch an Darmkrebs gestorben, Gott hab ihn selig. Glücklicherweise ging alles sehr schnell, er brauchte nicht leiden. Frau Altenbrenner, die Arme, ist drei Jahre regelrecht dahin gesiecht, die ganzen Chemos, das ganze Auf und Ab, mal Sonne, mal Schatten, der auf ihrer Seele lag. Und ihr Mann, der Gute, hat sie bis zum Schluss gepflegt." Frau Stanislawski seufzte.

„ Ach, das ist ja schrecklich, das wusste ich gar nicht, dass Frau Altenbrenner so krank war", sagte Frau Meier. Ihre Anteilnahme schien aufrichtig zu sein. Da Frau Meier nun aufgefordert wurde, sich umzudrehen und auf den Bauch zu legen, verstummte ihre Stimme. Sie lauschte den Erzählungen der Frau Stanislawski, die noch genügend Energie besaß, die neuesten Nachrichten aus dem Lindhorstblock vortragen zu können.
Und **ich** lag mittendrin!
Ich auf der Fünf, Frau Meier auf der Sechs und Frau Stanislawski auf der Vier. Das

Faszinierende an der Geschichte war, dass ich die beiden Frauen noch nie gesehen hatte, aber dennoch von ihnen sehr viel Privates aus ihrem Leben erfahren durfte, ob ich wollte oder nicht.

Guten Tag, meine Damen, mein Name ist Harald Baetge. Ich bin Schriftsteller. Hätten Sie Interesse an der Veröffentlichung Ihrer Biographie. Sie brauchen nur hier unterschreiben.

Und das alles während einer Fangopackung. Während ich nun jeden Moment meine Massage erhalten musste, hörte ich meiner neuen Nachbarin in Kabine vier interessiert zu.

Familie Lundermann mit ihren drei kleinen Kindern wohnte im Erdgeschoss und bereitete ihr regelrecht Kopfschmerzen.

„ Die spielen im Treppenhaus und knallen die Türen immer zu", beschwerte Frau Stanislawski sich.

Sie vermutete die Gründe in der mangelhaften Elternerziehung erkannt zu haben.

„Frau Lundermann schreit auch immer

durch das ganze Haus, wenn sie ihre Kinder zum Essen ruft. Ohne Rücksicht auf die Mitbewohner."

Einmal hatte sie Herrn Lundermann sogar beobachten können, wie er in einem scheinbar unbeobachteten Moment seine Zigarette im Hausflur ausgetreten hatte.

Das Kopfschütteln und ihren vorwurfsvollen Blick konnte ich förmlich durch den dunklen Vorhang erahnen. Die Schwester, die Frau Stanislawski gerade behandelte, pflichtete ihr artig bei.

„ Wie die Eltern so auch die Kinder, das ist ja nichts Neues." Es war die Oberlehrerin! Anscheinend war sie vom Anmeldungs- in den Therapiebereich aufgestiegen.

Glückwunsch Frau Oberlehrerin. Willkommen in der praxisnahen Welt.

Gerade als ich darüber nachzudenken begann, wer nun im Anmeldungsbereich sitzen würde, fuhr Frau Stanislawski fort.

Über Lundermanns wohnte ein alleinstehender älterer Herr namens Burger, dem es zur Zeit gesundheitlich gar nicht gut ging. Er litt an einer schmerzhaften Ohrenentzündung mit starken Gleichgewichtsstörungen und auftretenden Herzrhythmusstörungen, die ihn immer wieder im wahrsten Sinne des Wortes aus dem Selbigen brachten. Frau Stanislawski war so freundlich, in dieser für Herrn Burger schweren Zeit, den Lebensmitteleinkauf zu übernehmen und immer mal wieder nach dem Rechten zu schauen.

Die beiden verband eine platonische Freundschaft. Ich freute mich wahrlich für beide.

Vor lauter Verzückung für die beiden älteren Menschen hatte ich gar nicht wahr genommen, dass ich schon seit einigen Minuten massiert wurde. Durch die vorherige Wärme der Fangopackung war mein Rücken sehr geschmeidig geworden und lechzte geradezu nach einer Massage, die sehr wohltuend war.

Meine Fangoschwester erkundigte sich einige Male, ob alles in Ordnung wäre und ich mich doch melden könnte, wenn Schmerzen auftreten sollten. Ansonsten war ich nicht so gesprächig wie Frau Stanislawski. Ich wollte meine Ruhe haben und mich auf meinen Arbeitstag vorbereiten, der bei meiner Kabinennachbarin ganz anders aussah. Es war anstrengend genug für mich, den Alltagsgeschichten aus dem Lindhorstblock zu folgen. Außerdem lag ich logischerweise in der gesprächsungeeigneten Bauchlage. Deshalb hatte auch Frau Meier in Kabine sechs das Reden eingestellt. Vielleicht war sie auch mit der ganzen Familienlast kurz eingenickt, um die Behandlung sorgenfrei über sich ergehen zu lassen.

Da Frau Stanislawski mittlerweile in der Wohnung über Herrn Burger angekommen war, sie schien das Haus vertikal abzuarbeiten, machte ich mir Gedanken über ihren Behandlungsgrund. Rückenprobleme schien sie nicht zu haben, da die Oberlehrerin keine Anstalten machte, ihre Patientin in Bauchposition zu bringen. Frau Stanislawski schien die ganz Zeit auf ihren Rücken zu liegen.

Vielleicht lag sie doch die ganze Zeit auf den Bauch, und in ihrem Liegegestell war in Kopfhöhe ein sogenanntes Luftloch eingearbeitet. Das Luftloch diente ursprünglich der Nackenschonung und gleichzeitiger Atmungsmöglichkeit.

Frau Stanislawski hat es letzte Woche als Redeloch patentieren lassen.

Ich kam des Rätsels Lösung nicht auf die Spur, da ich aus meinen Überlegungen gerissen wurde und Zeitzeuge eines neuen Einzelschicksals sein durfte Ein arbeitsloser Musiker , der von seiner Frau nach sechszehn Jahren Ehe verlassen wurde, war vor einigen Wochen in den Wohnblock gezogen. Und so zogen sich die Geschichten durch das ganze Haus, geprägt von Krankheiten, Leid und Ärger.

Meiner anfänglichen Neugier war Melancholie gewichen, als ich mich nach der Massage langsam anzog und die Praxis verließ.

Hier in diesen Räumlichkeiten soll der Anfang für meine Rückenheilung gemacht werden?

Mich beschlich ein beklemmendes Gefühl, als ich mit dem Bus zur Arbeit fuhr. Würde ich jetzt für die nächsten fünf Termine mit Frau Stanislawski und Frau Meyer Kabine an Kabine liegen? Dann würde ich mehr erfahren über den Gesundheitsverlauf von Schwiegersohn und Enkelkind, von dem möglichen Karrieresprung der Tochter, geschweige von Herrn Burger und dem selbstmordgefährdeten Musiker. Nicht zu vergessen, die Beerdigung von Frau Altenbrenner. Und wie würde es den Ludermanns ergehen?

Brauche ich das? Ist das günstig für meinen Heilungsprozess? All die negative Energie, die um einen herum ist.

Wahrscheinlich ist es heute nur eine Ausnahme gewesen, und ich liege beim nächsten Mal zwischen zwei fünfundzwanzigjährigen Frauen, die sich über ihre Liebesabenteuer austauschen.

Bei dem Gedanken musste ich im Bus laut lachen.

5 Die Profis

Mittlerweile hatte ich fünf Anwendungen bekommen, und es war leider keine Besserung in Sicht. Ich wusste zwar, dass es bei der Familie Meier aufwärts ging, der Musiker noch lebte und die Genesung von Herrn Burger kleine Fortschritte machte.

Aber das brachte alles keine Punkte.

Die beiden jungen Frauen waren auch nicht in die Praxis gekommen, um mich aufzumuntern.

Die Behandlung an sich, empfand ich als sehr angenehm, und ich konnte mich immer eines warmen durchgekneteten Rückens erfreuen. Doch nach zwanzig Schritten verspürte ich wieder die Blockade, die mir ein normales Gehen unmöglich machte. Sofort war ich gezwungen, wieder einige Gänge zurück zu schalten.

Was wollte mir meine Bandscheibe nur sagen?

War ich doch felsenfest davon überzeugt gewesen, nach ein paar Anwendungen einen Fortschritt zu erfahren.

-So nicht, mein Lieber. Drei-viermal Krankengymnastik reicht hier nicht. Du musst Dich schon anstrengen. Wo ist Dein Marathongen? Das ist hier gefragt! Geduld ist oberstes Gebot. Da hat Deine Ärztin etwas sehr Wahres ausgesprochen. Los, wir packen das!

Ein Maßstab für meinen Genesungsverlauf war das Treppengehen. Ich musste immer noch beide Füße auf eine Stufe stellen, um die Blockade zu umgehen.

Traurigkeit und Mutlosigkeit umgaben mich. Von der Oberlehrerin und ihren Kolleginnen war ich sehr enttäuscht, da ich mir mehr Unterstützung von ihnen erhofft hatte. Sicherlich waren sie freundlich und bemüht und taten etwas für meinen Körper. Ich konnte jedoch zu diesem Zeitpunkt nicht erkennen, dass sie mir halfen.

Zum ersten Mal in meinem Leben war ich auf Krankengymnastik ernsthaft angewiesen. Leider war ich nicht in der Lage, Vergleiche mit einer anderen Praxis zu ziehen. In der Praxis, die ich zuvor besucht hatte, wurde ich eines leichten Nackenproblems wegen behandelt. Irgendetwas sagte mir, dass ich die Praxis wechseln sollte.

Zusätzlich bestärkt, dieses Vorhaben wirklich durchzuziehen, wurde ich durch eine Aussage von Schwester Fango, die meine persönliche Begleiterin in den letzten zwei Wochen geworden war.

„ Na Herr Baetge, wie geht es Ihnen denn? Wir haben heute die letzte Runde.“

„ Es ist leider nicht besser geworden. Ich bin immer noch sehr blockiert.“

„ Das ist bedauerlich. Dann müssen Sie wohl noch einmal zum Arzt. Der muss Sie untersuchen.“

Ich sagte nichts, dachte mir meinen eigenen Teil und genoss die letzte Behandlung so gut ich konnte.

Frau Stanislawski und Frau Meier lagen erstaunlicherweise nicht in ihren Kabinen.

Dann fiel mir ein, dass ich heute zum ersten Mal an einem Donnerstag hier war. Mir fehlten die beiden Damen richtig.

Die Geschichten über den Tod waren in den letzten Wochen mein ständiger Begleiter geworden, so dass ich mich an die melancholische Stimmung gewöhnt hatte und nun der Abwesenheit der beiden älteren Frauen im ersten Moment nichts Positives abgewinnen konnte.

Ich fühlte mich dennoch erleichtert, als ich die Praxis nach der Behandlung verließ und zur Arbeit fuhr. Ich spürte, dass es mit dem bevorstehenden Praxiswechsel nur aufwärts gehen konnte. Vorsorglich hatte ich mir bei der Praxis meines Vertrauens für nächste Woche bereits drei Termine sichern lassen, damit ein nahtloser Übergang gewährleistet war.

Es konnte nur besser werden.

Es war ein ganz anderes Ambiente, das ich vorfand. Eine moderne Praxis, die sich im 3.

Stock eines Gebäudekomplexes befand. Ein Fahrstuhl hatte mich nach oben befördert. Ich befand mich in einem großräumigen Anmelderaum, in dem ein Wartebereich integriert war. Gut gepolsterte Ledergarnituren ermöglichten ein rückenfreundliches Sitzen.

Am Empfang gab ich mein Rezept ab und erledigte das Anmeldeprocedere. Eine junge Physiotherapeutin führte mich durch einen Gang, der beiderseitig von 4 Räumen gesäumt war.

„Hier können Sie es sich bequem machen, ich bin gleich bei Ihnen", sagte sie freundlich und zeigte auf das letzte Zimmer linker Seite.

Ich war freudig überrascht. Es handelte sich um richtige Zimmer mit verschließbaren Türen. Jeder Raum verfügte über richtige Wände, so dass man auch von *Räumen* sprechen konnte. Hier war in jedem Fall Ruhe gewährleistet, und insbesondere war man vor negativer Energie in Form von Geschichten rund ums Alter geschützt. Ganz zu schweigen von den ganzen Alltagssorgen, die die anderen Patienten plagten und preisgeben mussten.

Die junge Frau kam nach einigen Minuten mit einem Block und einem Stift in der Hand zurück.

Was ist hier denn los? Wird das hier ein Verhör? Wo ist meine Fangopackung, die mir die herbeigesehnte Wärme spenden soll?

Ich fühlte ein Unbehagen in mir aufsteigen.

Harry! bleib ruhig. Es soll alles so sein. Meine Bandscheibe versuchte mich zu besänftigen.

Du hast gut reden. Ich erwarte hier eine kompetente Therapeutin, von der ich Hilfe ersehne. Stattdessen erscheint ein junges Mädel, das mit mir Stadt, Land, Fluss spielen will. Da soll ich ruhig bleiben?

Meine Bandscheibe zeigte mir einen Vogel und zog sich zurück, so nach dem Motto, lass den Alten mal machen, dem ist eh nicht zu helfen.

Die Therapeutin erwies sich als sehr kompetent. Sie stellte mir konkret Fragen über meinen Leidenszustand. Während ich pflichtbewusst ihre Fragen beantwortete, kritzelte sie ihre Notizen auf den Block. Es war eine Art Bestandsaufnahme, die sie bei mir durchführte.

„Wir wollen uns einen Überblick verschaffen, damit wir genau wissen, wie wir Sie richtig behandeln können", erklärte sie.

Das gefiel mir, und mein anfängliches Unbehagen wich einer unbeschwerten Zufriedenheit. Sie war sehr erstaunt, als ich ihr mitteilte, dass Schwester Fango und deren Oberlehrerin mich in keinster Weise über meinen Zustand befragt und gleich mit der Massage begonnen hatten, ohne wirklich zu wissen, wie es um meinem Rückenapparat wirklich stand.

In diesem Moment wurde mir klar, dass es völlig richtig und vernünftig gewesen war, die Physiopraxis zu wechseln.

Als die Therapeutin mit ihrer Fragestunde fertig war, begann sie mit der Behandlung. Es war keine Massage im klassischen Sinn, sondern mehr ein Abtasten einzelner Punkte. Zuerst befürchtete ich, eine wirkungslose Streicheleinheit zu bekommen.

Damit soll ich gesund werden? schoss es mir blitzartig durch den Kopf. Sollte wirklich durch belangloses Drücken einzelner Punkte mein lang ersehnter Heilungsprozess in Gang gesetzt werden? Ich war für einen Moment unsicher geworden, spürte dennoch positive Energie.

Es kann eigentlich nur besser werden, dachte ich und war in Gedanken bei Schwester Fango. Nach dem Abtasten bat Claudia, mich auf die rechte Seite zu legen.

„Ich winkel jetzt Ihr linkes Bein an und Sie sagen mir, wenn es weh tut."

Diesen Vorgang wiederholte sie einige Male und drückte jedes Mal etwas fester zu. Dann war die andere Seite an der Reihe.

„ Man spürt, dass Ihr linker Lendenwirbelbereich der schwächere ist."

Bingo! 1:0 für Claudia.

Es stimmte tatsächlich, dass mein rechter
Lendenwirbelbereich die stärkere Konstante
in meinem Leben war. Dieser Zustand war
einem zwanzig Jahre alten Bandscheibenvorfall geschuldet.

Und dann war die erste Behandlung auch
schon beendet.

„Beim nächsten Mal geht es dann normal
weiter, erst erhalten Sie die Fangopackung,
im Anschluss daran wird dann massiert. Ich
wünsche Ihnen noch einen schönen Abend."

Sie verschwand und entließ mich in den
Feierabend. Als ich das Gebäude verließ
und zur Tramstation ging, konnte ich eine
Veränderung wahr nehmen. Die Blockade
war zwar noch da, aber irgendwie fiel mir
die Bewegung leichter, als vor der Massage.
Irgendwas musste sich in einem kleinen De-
tail gelöst haben, ich konnte es nicht näher
definieren. In solchen Situationen war es

von Vorteil, in seinen eigenen Körper hineinhorchen zu können. Diese Gabe war mir glücklicherweise geschenkt worden, wie ich im Verlauf meines Genesungsprozesses immer wieder beobachten durfte.

Der positive Verlauf eines Heilungsprozesses ist abhängig von der Intensität des „Indenkörperhineinhorchens". Andere Dinge spielen logischerweise auch eine wichtige Rolle. Je mehr aber der Mensch in seinen eigenen Körper schaut und entsprechende Signale rechtzeitig und deutlich erkennt, desto besser und schneller kommt er wieder auf die Beine. Diese Erfahrung konnte **ich** jedenfalls machen.

An Willenskraft darf es einem selbstverständlich auch nicht mangeln. Die erkennbaren Signale müssen dann, wie in meinem speziellen Fall, in praktische Übungen umgesetzt werden.

Auf alle Fälle ging ich mit einem sehr guten Gefühl nach Hause, mit dem Wissen, in den richtigen Händen zu sein. Ich war hier sehr gut aufgehoben und hatte Vertrauen zu den Therapeuten. Ohne Vertrauen zu den Menschen, die Dir helfen sollen, funktioniert der gesamte Behandlungsapparat gewiss nicht.

Beim nächsten Mal hieß mein Therapeut Toni. Er war genauso kompetent wie Claudia. Und das war das Tolle an dieser Praxis. Aufgrund des Behandlungsplanes war man nie auf einen Therapeuten fixiert, weil es organisatorisch schwierig war, immer denselben Therapeuten zu erhalten. Im Verlaufe meiner monatelangen Therapie hatte ich alle vier Therapeuten *abbekommen*. Jeder war auf seine Weise gut und konnte mir aufgrund der verschiedenen Erfahrungen spezielle Tipps geben, die ich mehr als akribisch annahm, was meine Freundin mir manchmal freundlich vorhielt, ich solle doch alles gelassener sehen und nicht so ernst und verbissen. Ich konnte sie verstehen, aber da waren nun mal meine Marathongene, die mich mit aller Kraft ins weit entfernte Ziel bringen sollten.

Jeder Therapeut war über die aktuellen Einträge auf der Karteikarte eines jeden Patienten genauestens informiert, was sein Kollege in der vorherigen Session mit dem jeweiligen Kunden gemacht hat.

Mein Zustand wurde jedes Mal hinterfragt, ich gab pflichtbewusst sehr detailliert Auskunft.

„Na wie geht es Ihnen heute?"

„ Es ist halt immer noch blockiert. Wenn der Bus zwanzig Meter vor mir ist und gleich los fahren will, dann kriege ich den nicht mehr, weil ich halt nur ganz langsam gehen kann. Und Treppensteigen fällt mir immer noch schwer, ich muss immer noch beide Füße auf die selbe Stufe setzen, beim Runtergehen ebenfalls. Und wenn ich die Straße überqueren will, muss ich absolut still stehen, um nach links schauen zu können, weil es sonst hinten rein zwickt…"

„In Ihren Hintern..?" fragte Toni ungläubig.

„ Nein hinten im Lendenwirbelbereich. Ich kann nicht gleichzeitig nach links schauen, und wenn ich spüre, dass die Straße frei ist, sofort losgehen, und während des Losgehens bin ich nicht imstande, mich nach rechts zu drehen, damit ich mitkriege ob von der anderen Seite ein Auto kommt, verstehen Sie?"

Ich wirkte wohl recht verzweifelt. Toni schaute mich nur an und nickte zustimmend.

„ Ich muss halt richtig vor der Bordsteinkante stoppen, dann nach links schauen, dann den Kopf nach rechts drehen , dann den Kopf in die Geradeausstellung setzen , sozusagen…" ich merkte wie Toni ein wenig schmunzelte „….ja und dann kann ich losgehen."

„Wie man es als Schulkind lernt," bemerkte Toni trocken.

„ Und wenn ich dann fast die erste Hälfte der Straße überquert habe und noch mal nach rechts schauen will, um zu sehen, ob vielleicht doch noch ein schnelles Auto vorbeirauschen könnte, dann muss ich wirklich verharren und kann erst weiter gehen, nachdem ich mich vergewissert habe, dass alles frei ist, und ich meinen Kopf wieder in die Geradeausstellung gesetzt habe.."

Toni schaute mich an, als wollte er *Sie armer bedauernswerter Kopfsetzer* sagen.

„Es ist nicht einfach, dass man sich mit solchen Dingen und Gedanken beschäftigen muss ," erklärte ich. „ Vor einem halben Jahr bin ich Marathon gelaufen, und jetzt überholen mich alte Omis auf der Treppe, das ist doch frustrierend."

„ Ja da kann ich Ihnen zustimmen. Da sieht man, wozu Bandscheibe und Wirbelsäule fähig sind. Es gibt so viele Bewegungen und Verrenkungen, die für uns Menschen ganz normal und alltäglich sind. Wir denken darüber gar nicht nach, wozu der ganze Wirbelsäulenapparat in der Lage ist. Das begreift man erst dann, wenn die Funktionsfähigkeit total eingeschränkt ist."

„ Wann kann ich denn wieder richtig joggen? Und im Sommer will ich in die

Schweiz zum Wanderurlaub. Das kann ich zur Zeit alles nicht."

„Das kann man schlecht sagen. Mit dem Rücken ist das so eine Sache. Da muss man leider Geduld haben, so hart es klingt. Das Rückenproblem kommt leider sehr schnell und überraschend, aber die Regeneration dauert umso länger. Aber das mit dem Wandern im Sommer müsste möglich sein."

Vielleicht wollte Toni mich auch nur beruhigen.

„ Wenn wir Ihren Rücken weich gemacht haben, dann fangen wir auch mit Stabilisationsübungen an, die Sie dann auch zu Hause machen können. Dann wird das schon."

Es hatte sich dann eingependelt, dass ich vorwiegend Dienstag und Donnerstagabend meine Behandlungstermine hatte. Claudia und Toni wurden somit bis auf einige Ausnahmen meine Stammtherapeuten. Nach drei Wochen , mein Rücken war nun *weich*, begannen wir mit den Hausaufgaben. Claudia und Toni zeigten mir einige Rückenübungen zur Stabilisierung und Stärkung der Lendenwirbelmuskulatur, die ich zu Hause weiterführen konnte.

Freudiges Zwischenresultat war, dass ich beim Treppensteigen nur noch ein Fuß auf eine Stufe setzen brauchte, wie man normalerweise eine Treppe hinauf geht.

Und welch Wunder! Nun konnte ich wieder mit den alten Omis gleich ziehen!

Es zwickte zwar noch einige Male, aber die Blockade hatte ein wenig nachgelassen. Es war allerdings an zum Bus rennen oder etwas schnellerlaufen in keinster Weise zu denken. Das Thema Joggen war sowieso Tabu. Mein Langsamgehen fühlte sich im Vergleich zur vorherigen Gehtechnik jedoch eine kleine Nuance schneller an.

Endlich konnte ich einen kleinen Fortschritt erkennen. Endlich gab es diesen Motivationsschub, auf den ich schon seit Wochen gewartet hatte. Endlich, endlich sah man Land in Sicht, auch wenn es nur mit dem Fernrohr zu erkennen war, aber es sollte ein

Anfang gewesen sein, auf den man aufbauen konnte. Mit einem imaginären Freudensprung erklomm ich die Tram und fuhr auf dem Dach nach Hause. *Ich bin der König von Schöneweide, mein Rücken ist cool! Ich bin ein mich selbstheilendes Wesen!*

6 Erfahrungen

Es ist eine besondere Herausforderung, als gesunder Marathonläufer unerwartet aus dem Läuferalltag gerissen zu werden und sich mit nebensächlichen Dingen wie *rückenfreundliches Verhalten im normalen Leben* zu beschäftigen. Als gesunder Mensch - ich will aber ausdrücklich darauf hinweisen, dass ich mich nicht krank fühlte, sondern nur stark eingeschränkt; intakt oder unversehrt sind die fachgemäßeren Adjektive - denkt man im einzelnen nicht darüber nach, was rückenfreundliches Verhalten bedeuteten und wie man sich entsprechend danach richten kann.

Man verschwendet keinerlei Gedanken daran, wie man über eine ganz gewöhnliche Straße geht, wie man die Treppenstufen zum S-Bahngleis erklimmt, wie man sich nach dem Einsteigen in den Bus richtig auf seinen Platz setzt, ohne einen dieser berühmten Rückenknackse zu spüren.

Auch das Einkaufsverhalten hat sich radikal geändert. Ging man vorher mit zwei voll bepackten Plus-Tüten, deren Grifflaschen dem Durchreißen nahe waren, nach Hause, so verteilte sich nun ein Einkaufsgesamtgewicht von circa fünf Kilogramm auf zwei Tüten, wobei das Gewicht der Tüte, die ich in der linken Hand trug, maximal zwei Kilogramm betragen durfte.

Nicht nur, dass mich die Leute argwöhnisch beobachteten, wie ich das Wahnsinnsgewicht von fünf Kilogramm fachmännisch auf zwei Einkaufstüten ungleichmäßig verteilte, auch die Tatsache, dass mich die netten Verkäuferinnen nun des Öfteren in der Woche am Kassenschalter sahen. Das waren alles gesellschaftliche Veränderungen, an die ich mich erst gewöhnen musste.

Eigentlich war es unwichtig, was meine Mitmenschen von mir dachten. Entscheidend war nur , dass es aufwärts ging und ich Erfolgserlebnisse sammeln konnte, um mich immer wieder aufs Neue motivieren zu können. Aber es gab auch Rückschläge, die es einem nicht leicht machten, mit der Gesamtsituation *Rückenproblem* umzugehen.

An einem Sonntagnachmittag, der als Ausklang eines rundum gelungenen Tages dienen sollte, nach ausgiebigen Frühstück, Lesen eines Buches und gemütlichen kurzen Spazierganges durch die Königsheide war Mittagsruhe mit der Freundin angesagt. die aus Sicht des Mannes in ein nettes Schäferstündchen übergehen sollte. Die Bedürfnisse eines rückeneingeschränkten Mannes waren immer noch die gleichen geblieben.

Da hatte sich nichts geändert. Gott sei Dank, denke ich, aber manchmal wäre es besser gewesen, wenn der *Berdürfnismelder* sich in gewissen Lebensphasen ausschalten ließe, um sich bestimmte Peinlichkeiten zu ersparen.

Meine Freundin und ich lagen in unserem Bett und hatten es uns mit Kerzenschein und peruanischer Panflötenmusik richtig gemütlich gemacht. Beste Voraussetzungen für eine Kuschelstunde. Als wir bereit waren, um in die Endphase einzusteigen, spürte ich einen leichten Rückenknacks.

„Einen Moment," sagte ich und legte mich wieder auf den Rücken.

War der Spaziergang doch zu lang und anstrengend gewesen?

Meine Freundin schaute mich fragend an, schwieg aber. *Wie einen Moment?*

Was mache ich nur jetzt, dachte ich, ich will doch unbedingt zum Zuge kommen.

Ich sah schon meine Felle davon schwimmen .

Ruhig Cowboy, sei cool ,überspiel die Peinlichkeit und setze zu einem neuen Versuch an.

Ich bin bei Dir.

Jetzt schaltete sich auch noch mein zur Zeit wichtigstes Körperteil ein. Ich spreche natürlich von meiner Bandscheibe, lieber Leser. Sie wollen doch bestimmt wissen wie es weiter geht. Also seien Sie gespannt. Ich entlasse Sie jetzt in die Pause. Wir sehen uns in zwanzig Minuten wieder.

Was sich jetzt abspielen sollte, hatte wirklich mit Theater zu tun.

Meine Freundin lag ebenfalls auf den Rücken, ich lag auf den Rücken, wir lagen also wie Bruder und Schwester in unserem großen Bett. Ich überlegte kurz , was ich tun sollte und starrte an die Zimmerdecke. Meine Freundin schien sich nicht zu rühren. Sie überlegte wohl, was der Grund für die unerwartete Gedankenpause sein konnte.

„Stimmt was nicht?" fragte sie vorsichtig. „ Wenn´s bei Dir nicht geht, müssen wir auch nicht."

WENN ES BEI DIR NICHT GEHT. Was war jetzt denn los. Nur weil ich mich noch einmal kurz auf den Rücken gelegt hatte, wurde ich sofort der Impotenz verdächtigt.

MÜSSEN WIR AUCH NICHT. Das klang ja nicht nach wollüstiger Begeisterung. Waren wir hier auf einer Pflichtveranstaltung?

Die peruanische Panflötenmusik spielte im Hintergrund und wirkte plötzlich nicht mehr so entspannend auf mich. Ich versuchte den Grund herauszubekommen, aber es gelang mir nicht. Hatte ich unbewusst durch den abrupten Schlenker in die Rückenlage die erotische Stimmung aus der ganzen Situation herausgenommen, was selbstverständlich ein große Fehler gewesen wäre, und den ich mir nicht verzeihen würde. Vielleicht hätte ich den Rückenknacks ignorieren und in dieser Konstellation mal nicht auf meinen Körper hören , sondern einfach mit dem Liebesspiel fortfahren sollen. So nach dem Motto *mit dem Orgasmus zum Notarzt ,aber Hauptsache Orgasmus.*

„Nein, es ist alles in Ordnung." Nun nahm ich alle meine Bandscheiben zusammen und startete einen neuen Versuch. Ich ignorierte alle Anzeichen von Rückenlabilität und lag dann irgendwie auf meiner Freundin. Wir schauten uns tief in die Augen und versuchten das zu vollbringen, was unromantisch ausgedrückt als Ehepflicht bezeichnet wird. Der Versuch, mein Becken zu bewegen, funktionierte nicht.

Urplötzlich zog es in meinen Rücken, was mich regelrecht davon abhielt meine männlichen Aufgaben vollständig zu erfüllen.

„Mach bitte weiter," bat mich meine Freundin. *ICH KANN NICHT wollte ich rufen.* Mein schmerzverzerrtes Gesicht konnte sie zum Glück nicht sehen, da sie ihre Augen in freudiger Erwartung geschlossen hatte. Ich stützte mich mit beiden Händen ab, um meinen geschundenen Rücken zu entlasten und mein Körpergewicht auf Arme und Hände zu verteilen.

Es klappte! Schmerzfrei konnte ich mein Becken bewegen, aber leider nur für sehr kurze Zeit, es stellte sich als zu kurz heraus. Ich musste aufpassen, nicht zu sehr ins Hohlkreuz zu kommen und überlegte scharfsinnig, wie ich dem entgegenwirken konnte.

Von Claudia und Toni hatte ich gelernt, den Bauch einzuziehen, um in einzelnen Situationen den Rücken zu entlasten. Ich erinnerte mich zum Glück daran und zog meinen Bauch ein. Ich fragte mich nur für eine Sekunde, wie das alles funktionieren sollte. Bauch einziehen, Becken bewegen und gleichzeitig die Freuden am Liebesspiel in vollen Zügen genießen und natürlich auch an den Partner denken.

Das alles gleichzeitig unter einen Hut zu bringen, war nicht einfach, geschweige schier unmöglich.

Nach einigen rhythmischen Bewegungen kam ich zu den Entschluss, **dass** es unmöglich war. Hätte ich weiter gemacht, wäre ich erstickt. Ich hatte in der ganzen Gedankenhektik vergessen, zu atmen.

Mir kam eine andere Idee. Womöglich sollte ich die verschiedenen Bewegungsabläufe nach einem Sekundenzeitplan koordinieren.

Drei Sekunden Becken, zwei Sekunden Bauch, drei Sekunden Becken, wieder Bauch, zwischendurch atmen und lustvoll gucken, zwei Sekunden Becken, drei Sekunden Bauch und so weiter. Vielleicht gibt es ja dadurch einen fantastischen Hohlkreuzverhinderungshöhepunkt. Es hat leider nicht geklappt. Wegen schwerwiegender Atmungsprobleme und anschließenden Kreislaufkollaps wurde der Notarzt geholt, der sich dann in unserem Badezimmer selbst befriedigte.

Nein, jetzt aber aus mit den Alptraumvorstellungen.

„ Ist was mit Dir?" Meine Freundin hatte ihre Augen geöffnet und sah in mein angestrengt wirkendes Gesicht. Es schien nichts von Leichtigkeit und sexueller Lust auszustrahlen.

Da vergeht ja einem alles.

„Vielleicht können wir es ja anders machen," bat ich mit einem leicht verzweifelten Unterton.

Ich blieb auf dem Rücken liegen , während meine Freundin den aktiveren Part übernahm. Als sie über mir war, fiel mir plötzlich ein , dass wir es schon länger ins Auge gefasst hatten, neue Matratzen zu kaufen, da die alten ausgedient hatten. Doch jetzt war es zu spät. Die Matratze gab nach und mein Rücken auch. Mein Gesicht sprach Bände.

Jetzt war es mit der Geduld meiner Freundin endgültig vorbei. Sie lag wieder neben mir und sagte erst mal gar nichts, um vielleicht auch die Schärfe aus der ganzen Aktion herauszunehmen.

„Ich glaube wir lassen das erst mal," sagte sie vorsichtig. „Du bist ja nicht in der Lage, Dich ordentlich zu bewegen. Man verliert die Lust. Die ganze erotische Stimmung ist ja wie weggeblasen."

Gerade wollte ich mit einem lustigen Spruch antworten, konnte es mir aber gerade noch verkneifen.

Es waren im wahrsten Sinne des Wortes wirklich harte Zeiten für mich. Jetzt hatte dieses Thema auch mich erwischt, völlig überraschend und unvorbereitet. Womit hatte ich das nur verdient?

Meine Freundin konnte ich verstehen. Es macht bestimmt keinen Spaß, wenn der Partner bei jeder Bewegung verharrt und, einem Kreislaufzusammenbruch nahe, sein Gesicht entsprechend verzieht.

Jede Spontanität und jedes Lustgefühl gehen vollständig verloren. Ich musste mich mit der Tatsache abfinden, dass Sex während meiner Rückengeschichte Tabu war.

Ein Desaster ohnegleichen.

Mein Selbstwertgefühl war von einem auf dem anderen Moment im Keller. Gerade eben noch ein potenter Marathonläufer ,jetzt ein sexverhinderter Treppenschleicher, der sich Gedanken macht, wie er über die Straße kommt. Mann , bin ich gesunken.

Am nächsten Tag ging ich zum Psychodoktor und ließ mich in die nächste Klapsmühle einweisen.

7 Zellengespräche

Seit dem denkwürdigen „Regaltag" waren nun drei Monate vergangen. Die Behandlung dauerte an. Die Physiotherapie durfte ich weiterhin zwei Mal wöchentlich genießen. Es gab Fortschritte zu verzeichnen, die ich aber nicht entsprechend honorierte, da meine Ungeduld überwiegte.

Ich war mit nichts zufrieden, da ich es nicht abwarten konnte, wieder hundertprozentig fit zu sein. Aber was sind hundert Prozent? Die Ansprüche, die ich an mich selber gestellt hatte, waren sehr hoch. Das Niveau meines Fitnesszustandes sollte genauso hoch sein wie vor der Rückengeschichte. Aber wie fit war ich denn vorher? Wusste ich das? Auch vorher hatte ich Rückenprobleme, die ich nicht wahr genommen hatte. Diese hatte ich unbewusst ignoriert, im Gegensatz zur jetzigen Zeit, in der ich auf jedes Geräusch und auf jedes Vibrieren im Körper peinlich genau achtete. Man soll ja auf seinen Körper hören und sich entsprechend danach verhalten und bewegen. Wenn man spürbar merkt, dass es Schritt für Schritt besser wird, dann sollte man diese Zeichen als Erfolg bewerten und darauf aufbauen und zu sich sagen: Du machst alles richtig, Rom wurde auch nicht an einem Tag erbaut. Sicherlich war ich vorher wesentlich stabiler und konnte meine kleinen Wehwehchen einfach wegschwimmen. Das war jetzt schon eine ganz andere Dimension, die ich zu bewältigen hatte. Ich hatte immerhin Fünfundzwanzig Kilo getragen und mir dabei fast einen Bruch gehoben. Eigentlich konnte ich froh sein, dass die ganze Sache verhältnismäßig glimpflich ausgegangen war. Mein sportlicher Körper war schmerzfrei, er war lediglich blockiert und gehandicapt. Eine Operation kam nie in Betracht. Das ist sehr positiv. Danke an den lieben Gott!

Dieser Vorfall war eine Warnung für mich gewesen, und ein Hinweis, meinen Körper zu pflegen und zu achten. Ich möchte noch vierzig Jahre etwas von ihm haben. Zum Glück durfte ich diese Erfahrung machen. Aber das würde ich erst nach dem Durchschreiten der Talsohle begreifen, in der ich mich augenblicklich befand. Die Erhebung, um aus der Sohle herauszukommen, war noch nicht in Sicht. Im Grunde war ich verzweifelt, dass es nicht vorwärts ging. Also was tun?

Sich einbuddeln und zum Mittelpunkt der Erde fahren, wo dich keiner sieht und du mit deinen Problemen alleine bist? Das kam aufgrund des weiten und beschwerlichen Weges nicht in Frage.

Vor allem wäre meine Bandscheibe von mir enttäuscht gewesen, so früh den Kopf in den Sand zu stecken.

-Das kann nicht sein , mein Junge. Gib jetzt nicht auf und mach nicht schlapp. Gerade, wo alles richtig anfängt.

Mach nicht schlapp? Jetzt stellt sie auch noch meine Potenz in Frage. Als wenn nicht alles schon schlimm genug wäre.

-Hau Dein Marathongen noch mal raus. Halte durch und denk positiv. Du kommst ans Ziel.

-Jetzt legst Du aber richtig Deinen Finger in meine Wunde. Marathon war gestern. Das Gen ist leider verpufft.

Dann begann ich mit meinen Zellen zu sprechen. Da der menschliche Körper aus sehr vielen Zellen besteht, konnte ich mich einer großen Menge Zuhörer erfreuen. Gewiss waren meine Zellen sehr überrascht, denn damit hatten sie nun nicht gerechnet. Am wenigsten ich. Meine Freundin hatte mir eine kurze Einweisung gegeben, und los ging es.

Liebe Zellen , ich benötige ganz dringend Eure Hilfe. In fünf Monaten möchte ich im Urlaub wandern, und bis dahin muss die Blockade verschwunden sein.

Ich hielt inne und lauschte. Hatten sie mich erhört? Mein Körper schien zu vibrieren, alle Zellen taten sich zusammen und beratschlagten, was zu tun sei. Es bildete sich ein reines Stimmengewirr, es war ein heilloses

Durcheinander, wie auf einer riesengroßen Versammlung. Jede Zelle teilte sich mit und gab seinen eigenen Senf dazu. Das konnte ja nichts werden. Die Zellen konnten mit meiner Ansprache nichts anfangen.

Plötzlich war alles still. Keine Antwort. Meine Zellen hatten sich verzogen. Was war schief gegangen? Ich horchte in mich hinein und kam zu dem Entschluss, die falschen Worte gewählt zu haben.

Daraufhin unternahm ich einen zweiten Anlauf. Entscheidend bei einer erfolgreichen Zellenansprache ist die Zellenintegration. Ein monotones Aufzählen der Forderungen macht keinen Sinn. Die Zellen müssen in das Problem respektvoll einbezogen werden. Sie sollen fühlen, dass sie wichtig und unersetzbar sind. Ohne sie geht gar nichts. Gleichzeitig ist den Zellen der eigene Vorteilsnutzen zu vermitteln.

Liebe Zellen, ich liebe Euch, ich respektiere und akzeptiere Euch. Ich habe ein Problem, welches ich mit Euch gemeinsam lösen möchte. Mein

Rücken ist zur Zeit blockiert. Ich kann nicht jog-
gen, geschweige ordentlich gehen. *Das macht*
keine Freude, ich bin sehr unglücklich über die-
sen Zustand. Und wenn ich nicht glücklich bin,
dann geht es Euch auch nicht gut. Falls ich in
fünf Monaten im Urlaub nicht wandern kann,
werde ich noch unglücklicher sein. Das möchtet
Ihr bestimmt nicht. Ich bitte Euch deshalb um
Unterstützung und um Eure tatkräftige Mithil-
fe. Bitte gebt mir die richtige Sichtweise und po-
sitiven Denkanstöße, dass mein kompletter
Rückenapparat die alte Stabilität zurückgewinnt
und die Blockade gelöst wird, damit ich mich
wieder normal bewegen kann. Das kann für Eu-
ren Seelenzustand, liebe Zellen, auch nur gut
sein.
Vielen Dank für Eure Aufmerksamkeit.
Ich spürte, dass meine Zellen die Worte vernommen hatten und nun begannen, diese zu
verarbeiten. Was würde in der nächsten Zeit
passieren? Damit meine Zellen mir auch
glaubten, dass ich es mit meiner Ansprache
ernst gemeint hatte, wiederholte ich dieses

Ritual nun täglich. Dazu legte ich mir einige Sätze zurecht und verinnerlichte sie sehr schnell. Auf dem Weg zum Bus war immer genügend Zeit, die Worte vor mir her zu murmeln. Ich fühlte mich wie ein Mönch, der seine Mantras aufsagte. Die Leute auf der Straße schauten mich manchmal zwar ungläubig an, aber das war mir gleichgültig. Es gibt genug Idioten hier in Berlin mit einem Kabel am Hals, die sehr laut und deutlich mit sich selbst sprechen, ohne sich zu genieren. Da sagt auch keiner etwas.

In den nächsten Tage fühlte ich mich besser, ich stand ja nun im direkten Kontakt mit meinem eigenen Körper, was ein sehr gutes Gefühl war.

Seit fast zwei Monaten praktizierte ich akribisch am Beginn eines jeden Arbeitstages meine morgendlichen Rückenübungen, die mir in meiner Physiopraxis gezeigt wurden. Es war eine Mischung aus Dehn-und Stabilisierungsübungen. Ich horchte in meinen Körper hinein und fragte ihn, welche Übungen für ihn von Vorteil wären. Durch imaginäre Zeichen gab er mir zu verstehen, eine Kombination würde ihm sehr gut tun. Ich folgte seinen Ausführungen und stellte mein Trainingsprogramm auf meinen Körper ein. Eines Morgens überlegte ich, wie ich der Labilität in den seitlichen Partien oberhalb meiner Hüfte entgegenwirken konnte. Ich besann mich auf eine Übung mit dem Gummiband, die mir vor einigen Tagen gezeigt wurde. Und es funktionierte tatsächlich. Einen Tag später konnte ich eine gewisse Stabilität in diesem Bereich erfahren. Ab sofort gehörte diese Übung zu meinem täglichen Programm. Ich war mir sicher, dass es meine Zellen waren, die mich zu dieser Erleuchtung gebracht haben. Je mehr man mit seinem Körper spricht, desto besser ist man in der Lage, in ihn hineinzuhorchen. Kontaktpflege mit seinem eigenen Körper ist ein sehr wichtiger Bestandteil im laufenden Genesungsprozess.

Liebe Zellen, habt aufrichtigen Dank. Ich liebe Euch dafür. Ihr seid ein richtig gutes Zellenteam. Aber es sollte nun Tag für Tag vorwärts gehen. Ich brauche erkennbare Erfolge, ich lechze förmlich danach.

Der liebe Gott kann ebenfalls zu Rate gezogen werden. Falls es jetzt zu religiös werden sollte, können wir auch ganz neutral das Universum ansprechen. Da draußen ist ein Etwas, was uns zuhört und uns helfen will.

Liebes Universum, bitte zeige mir den richtigen Weg und leite mich, dass ich unbewusst Dinge tue, die zur Stabilität meines gesamten Rückenapparates führen. Ich möchte doch in meinem Urlaub wieder richtig wandern können.

Ich hätte nie gedacht, dass ich einmal zu meinen Körperzellen oder geschweige zum Universum sprechen werde. Kannte ich doch vorher nur die Sache mit dem lieben Gott. Aber genau genommen, ist es das gleiche. Das Beten zu Gott stellt ebenfalls eine Art der Kommunikation dar, das Kind hat hier nur einen anderen Namen. Entschei-

dend ist die Überzeugung des einzelnen ,
dass man an die Sache glaubt und seinem
Handeln vertraut, egal wie man mit spiritu-
eller Veranlagung gespeist ist.

8 Muskelstimulation

Zum Geburtstag bekam ich von meiner Freundin einen Gutschein geschenkt. Dieser Tag sollte ein Meilenstein in meiner Karriere als sport-und sexverhinderter rückengeschädigter Exmarathonläufer werden. Ich öffnete in freudiger Erregung den feierlichen Briefumschlag und las nur das Wort Personaltrainerin.

Kriege ich jetzt 'ne ganze Frau geschenkt, die mich sexuell wieder auf Vordermann bringt??

Was war nur in meine Freundin gefahren? War es schon so schlimm um mich bestellt?

Ich war in meinen Gedanken natürlich etwas voreilig, da ich die Zeilen nicht zu Ende gelesen hatte. Es handelte sich um eine Trainingsstunde zur Stärkung der gesamten Muskulatur mittels elektrischer Muskelstimulation. Wow! Was das auch immer bedeuten mag. Phantasievolle Gedanken umkreisen meine Seele. Als ich große Augen bekam und meine Zunge bereits aus dem

Hals hing, klärte mich meine Freundin sofort auf.

Diese neuartige Form der Fitness wurde von irgendwelchen schlauen Menschen entwickelt, in der über fünfhundert Muskeln gleichzeitig trainiert werden. Dadurch entsprechen fünfzehn Minuten Speedtraining etwa zwanzig Stunden Muskeltraining im herkömmlichen Fitnessstudio. Zusätzlich sollte mich die Trainerin in die Übungswelt des Wackelstabes einführen. Spätestens da glaubte ich, eine Erektion zu bekommen. Bilder liefern vor mir ab, die ich nicht näher kommentiere.

Der Wackelstab ist eine flexible Stange mit einem Griff in der Mitte. Man umfasst ihn, je nach Übung, mit einer Hand oder beiden Händen und bringt ihn an beiden Enden zum Schwingen. Es gibt die unterschiedlichsten Übungen für die verschiedenen Körperpartien. Sinn und Zweck ist das Aufbauen und Stärken der Muskulatur und die Stabilisierung der Wirbelsäule. Eine richtig gute Sache. Vorbeugung vor Schulter- und Nackenverspannungen sowie Rückenschmerzen.

Ich fand die Idee gut und war meiner Freundin sehr dankbar. Sie hatte sich wirklich Gedanken über meine Gesundheit und meinen Rückenzustand gemacht. Vielleicht war es auch nur purer Egoismus und ihre Sehnsucht nach einem ordentlichen Schäferstündchen, welches ich ihr momentan nicht bieten konnte. Wenn es so war, ich konnte es ihr nicht verdenken.

Muskelstimulation und Wackelstab sollten mich also auch in diesem Bereich wieder auf Vordermann bringen. Um Missverständnissen vorzubeugen, betone ich ausdrücklich, dass Erektionsprobleme nicht der Behandlungsgrund waren.

Der Termin der Trainingsstunde rückte immer näher. Sehr gespannt freute ich mich auf neue Übungen, neue Erfahrungen und neue Tipps, die meinen Rücken wieder zu alter Stabilität bringen sollten. Mein Geduldreservoir war fast aufgebraucht. Der Frühling war bereits eingezogen, ich sehnte mich nach einem entspannten Jogginglauf durch den Wald. Das fehlte mir doch sehr.

Bevor meine Personaltrainerin eintraf, sprach ich noch mit meinen Zellen und los ging´s.

Sie war sehr schlank und sportlich.

Sind wir hier auf einer Sportveranstaltung? Oder gleitet das Treffen in eine andere Richtung ab?

Meine Freundin war standesgemäß arbeiten. Ich hatte extra frei genommen.

-Jetzt ist aber gut, mein Junge! Ich verschwinde gleich aus Deinem Körper, dann siehst Du, was Du von Deinen Gedanken hast. Dann klappt Deine Wirbelsäule zusammen und vorbei ist es mit der Stabilität.

Meine geliebte Bandscheibe versteht auch gar keinen Spaß.

-Beruhige Dich, Bandy, ich nehme das hier schon ernst, ich bin auch nur ein Mann mit normalen Visionen.

Und schon hatte ich einen Kosenamen erfunden, der ihr anscheinend gefiel, denn sie antwortete nicht. Keine Antwort ist auch eine Zustimmung.

Zu Beginn wurde ich an die Steckdose angeschlossen und mit ausreichend Elektroschocks versorgt, so dass mein ganzer Körper erstarrte und zugleich vibrierte. Falle ich nun in Ohnmacht und wache als stabilisierter Marathonläufer wieder auf? Ich trug hautenge Funktionswäsche und eine schwarze Weste, aus der lauter bunte Kabel hingen. Manschetten wurden um Hüfte, Oberschenkel und -arme geschnallt. Über ein mit der Steckdose verbundenes Gerät wurde die Stromzufuhr für alle Muskelgruppen reguliert. Vier Sekunden anspannen, vier Sekunden lockern, das war der Rhythmus für die folgenden zwanzig Minuten. Über irgendwelche Knöpfe konnte meine Trainerin die Stromzufuhr bestimmen. Ihr völlig ausgeliefert, war sie in diesem Moment meine Herrin. Sie konnte gnadenlos über Gut und Böse entscheiden, also die Knöpfe höher oder runter drehen. Ich war gerade im Begriff zu überlegen, ob EMS – das war die fachliche Abkürzung für elektrische Muskelstimulation - irgendetwas mit SM-Spielen zu tun haben könnte. Die markante Buchstabenkoordination brachte mich in diesem Moment völlig durcheinander. Ich vergaß zu atmen und anzuspannen, und da hatte ich in der nächsten Sekunde eine richtig gewischt bekommen. Terror über Schöneweide. Das zog richtig rein. Also volle Konzentration.

-Mensch sei achtsam und konzentriere dich gefälligst!

-Bandy halt´s Maul, ich hab´ die Schnauze voll.

-Wie redest Du mit mir? Ich sorg dafür, dass sie den Regler höher stellt. Schon mal was von Telepathie gehört?

-Ihr Bandscheiben seid dazu nicht fähig, alles leere Drohungen.

-Unterschätze die Welt der Bandscheiben nicht.

Wir sind ein eigenes Volk und beherrschen auch das.
-Schon gut, ich beuge mich. Ich halte jetzt durch.
-Das ist auch gut so.

Der elektrische Strom floss wirklich durch meinen Körper. Rote Lampen auf dem Gerät zeigten die Stromzufuhr an. Wenn sie leuchteten, gab es die nächste Dosis, alle vier Sekunden. Po raus, Brust vor und Handinnenflächen aneinanderpressen und anspannen, wenn die Lampen aufleuchten, dann lockern und ausatmen und immer weiter.

Es kribbelte ganz schön in meinem Körper, je nach Schmerztoleranzgrenze konnte der Regler höher oder niedriger gestellt werden. Meine Trainerin wollte mich in meiner ersten Übungseinheit nicht gleich fertig machen. Der Schmerz durfte auch nicht ins Unerträgliche gehen, denn das wäre absolut kontraproduktiv gewesen. Nach einigen Minuten hatte ich mich an die Stromschläge gewöhnt, die nahezu hundert Prozent aller Muskelfasern gleichzeitig aktivieren.

Dadurch wird Kraft effektiver und nachhaltiger aufgebaut. Es war sehr anstrengend, ich begann nach einigen Minuten zu schwitzen und überlegte, wie ich das zwanzig Minuten durchhalten soll.

Entscheidend war ,die Konzentration zu halten.

Anspannen, lockern, anspannen, lockern, Lampen leuchten, wieder anspannen, Lampen aus ,lockern , Lampen an, anspannen, ja nur anspannen, sonst gibt es wieder Elektroschocks, ich fühlte mich wie ein gewissenloser Schwerverbrecher bei seinem letzten Verhör, anspannen und dann auf einmal umkippen, mein Gesicht war blau angelaufen, das Sauerstoffzelt wurde geholt, und meine Trainerin organisierte eine Wiederbelebungszeremonie auf höchstem Niveau. Ich bekam bereits Wahnvorstellungen. Was war geschehen?

-Idiot, Du musst einfach nur mal ausatmen. Das Ausatmen nicht vergessen, wenn die Lampe er-

lischt, lockern reicht nicht, immer wieder ausat-
men!!
-Danke Bandy.

Jetzt hatte meine Bandscheibe mir noch das
Leben gerettet. Ich hatte in der unbeschreib-
lichen Hektik wirklich vergessen, einfach
auszuatmen. Sonst wäre mein Licht wirklich
ausgegangen.

Der Wackelstab wird nicht anal eingeführt
und ist mit einem Dildo nicht vergleichbar.
Er ist dafür viel zu lang und zu sperrig. Es
handelt sich hier um ein gewöhnliches
Sportgerät, mit dem man sich anfreunden
muss. Beim ersten Anblick überwog meine
Skepsis.

Wie können mit diesem Gerät effiziente Spor-
tübungen durchgeführt werden?

Meine Personaltrainerin begann, mir die
Grundkenntnisse zu vermitteln. Die Beine
hüftbreit auseinander, die Knie leicht ange-
winkelt, gerader Rücken und immer den
Bauch einziehen, dabei ein-und ausatmen.
Mit beiden Händen die Stange in der Mitte

umfassen und leicht schwingen. Das war die erste Grundübung. Wichtig: Beide Enden müssen immer schwingen, dann ist alles richtig. Dabei kann die Stange sowohl waagerecht als auch senkrecht gehalten werden. Und schon lernte ich die ersten beiden Aufgaben. Jede Übung sollte neunzig Sekunden dauern. Ich fand das lächerlich und im ersten Moment viel zu kurz. Nach einer halben Minute änderte ich meine Meinung, als mir in einem unbedachten Moment der Stab aus meinen feuchten Händen glitt und schwingend durchs Zimmer segelte. Mit dem einen Ende wurde eine wertvolle Vase aus Uromazeiten zerlegt, deren feuchter Inhalt unseren neuen Fernseher außer Gefecht setzte, das andere Ende schlug meine Trainerin k.o.

Sie war nicht einfach, die Bedienung des Wackelstabes. Das Gerät war ca. 160 cm lang. Es war ungemein wichtig, bei der waagerechten Ausführung auf Zimmereinrichtung und Mitmenschen zu achten. Die senkrechte Ausführung kann zur Verletzung der eigenen Geschlechtsteile führen und zum Kauf einer neuen Deckenlampe.

In meinem Fall ist natürlich gar nichts passiert, lediglich die Kraft des Wackelstabes hatte ich unterschätzt. Meine Oberarmmuskeln begannen sich zu spannen, und nach neunzig Sekunden war ich froh, die erste Übung zu beenden. Danach hielt ich den Stab senkrecht und begann ihn wiederum zu schwingen. Ich spürte die Kraft, die sich auf meine Muskeln übertrug. Mir wurden noch einige andere Variationen gezeigt. Zehn Minuten reines Schwingen inklusive kleiner Pausen, und dass zwei bis dreimal die Woche, klang sehr wenig, fand ich. Entscheidend bei diesem Training war wirklich das Schwingen. Ohne Schwingen kein Erfolg und keine Ergebnisse.

Nach einigen Einheiten begann ich zu begreifen, dass die Wackelstabübungen eine richtig gute Sache waren. Der Muskelkater ließ nicht lange auf sich warten.

Und dann war da noch die supergeile Muskelstimulation. Nach zwei Sessions innerhalb von zwei Wochen spürte ich schon einen Fortschritt.

Mein kleiner Freund war wirklich länger geworden, würden jetzt viele als Kernaussage der EMS vermuten. Sicherlich, es haben sich Muskeln aufgebaut, aber in dem für mich entscheidenden Rückenbereich. Einen Tag nach der Session fühlte ich, wie es in meinem Körper zu arbeiten begann und auch zu zwicken. Zwei weitere Tage später legte sich dann ein stärkendes wohliges Empfinden über den zu behandelnden Körperpartien.

Da ich nun schon über drei Monate zur Krankengymnastik ging, horchte ich in meinen geschundenen Astralkörper hinein und sprach mit meinen Zellen. Sie sagten, die Zeit wäre nun gekommen, um Abschied zu nehmen von der professionellen Physiotherapie. Meine Zellen waren der Meinung, ich sollte mich selbst therapieren. Mit meiner Akribie und Disziplin sollte es für mich ein leichtes sein, mich mit eigener Hilfe zu stabilisieren, obwohl ich zu diesem Zeitpunkt noch nicht joggen, geschweige zum Bus schneller gehen konnte. An gewöhnliches Rennen war gar nicht zu denken. Es gab noch viel zu tun!

Ich runzelte die Stirn und erinnerte mich an die Worte einer meiner Therapeuten.

Krankengymnastik dient zur Selbstheilung. Durch Physiotherapie erlernt man spezielle Übungen, die zu Hause täglich angewendet werden sollen, um Stabilität zu erlangen.

Nicht durch die Krankengymnastik in der Physiopraxis wird man wieder fit, sondern durch die Übungen zu Hause.

Selbstverständlich ist eine gehörige Portion Disziplin gefordert. Gott sei Dank sind wir nicht bei der Bundeswehr, ich war nie dort gewesen.

9 Musikheilung

Ich wurde in eine neue Welt gelassen, frei von Physiotherapeuten, Fangopackungen und Übungsgeräten. Beim letzten Termin in meiner Physiopraxis vermischte sich meine Festtagsstimmung mit melancholischer Gefühlsduselei. Einerseits war ich überglücklich, von diesem unsäglichen Termindruck befreit zu werden, der sich durch den drei Mal in der Woche Rhythmus aufgebaut hatte, ich spreche leider nicht von Schäferstündchen, andererseits war ich unsicher, ob ich nach mehr als drei Monaten Behandlungszeit den richtigen Zeitpunkt gewählt hatte, in die Zuhause-Therapie überzugehen. Ich fühlte mich noch gar nicht richtig fit, aber meine Zellen mussten es eigentlich besser wissen. Sie stecken in meinem Körper und wissen, was für mich gut ist. Vertrauen wir mal den eigenen Zellen, dem eigenen Ich.

-Dat wird schon, Kleener!

-Danke Bandy.

Jetzt berlinert die auch noch, wird ja immer besser.

Meine erste richtige Bewährungsprobe in der freien Welt sollten die Toten Hosen sein, eine Punk-Rock-Band aus Düsseldorf. Ich war mir sehr unsicher, ob dieses Konzert zu dem jetzigen Zeitpunkt das geeignete Event war, um meinen Rücken wieder in die richtige Bahn zu lenken. Es ist ja allgemein bekannt, dass die Jungens vom Rhein keine Vorstellung fürs Altersheim abgeben. Ich wollte die Karten schon zurückgeben, erinnerte mich dann aber an die Wirkung von Alkohol.

Also fuhren wir nach Dresden, um zu rocken und zu hüpfen. Es wird alles gut. Der Körper benötigt gewisse Herausforderungen und damit verbundene grenzwertige Erlebnisse, um weiter zu kommen.

Frei nach dem Motto: Viel Alkohol ist auch eine Lösung!

-So, meine liebe Bandscheibe, jetzt wirst Du den alten Musikrocker wieder sehen, der vor nichts zurückschreckt.

-Na endlich, das gefällt mir, so will ich Dich sehen! Ich halte eine Menge aus und bin recht resistent. Du kannst mich ruhig fordern. Tanze und hüpfe , so viel Du kannst.

Jetzt wurde ich unsicher. Hatte ich mich mit meiner Äußerung zu weit aus dem Fenster gelehnt? Ich wollte mich vor meiner eigenen Bandscheibe nicht blamieren. Erst den großer Macker raushängen lassen, um dann vor tausenden von grölenden Konzertbesuchern mit der Trage ins Rote-Kreuz-Zelt abtransportiert zu werden.

Einerseits war ich über Bandys Vertrauen hochbeglückt, andererseits traute ich dem Frieden nicht. Denn ich kannte meine Grenzen nicht. Wie stark konnte ich Bandy belasten? Bandscheiben sind sehr zäh, aber auch recht sensibel. Wie weit konnte ich gehen, ohne irreparable Schäden davon zu tragen? Bandy musste es eigentlich wissen, denn sie war in mir und ein Teil von meinem Körper. Sie musste auch ein Interesse daran haben, mein Wohlbefinden zu stärken. Oder haben Bandscheiben auch eine ganz dunkle Seite wie wir Menschen? Will sie mir eine Falle stellen und mich in Sicherheit wiegen? Welchen Sinn könnte das haben? Aus einem Negativerlebnis die positiven Dinge ziehen? Das Thema habe ich doch mit Hilfe der Regalgeschichte bewältigt und abgeschlossen. Das war in meinen Augen Negativerlebnis genug. Jetzt sollte es kontinuierlich nach vorne gehen. Ich stand ganz schön „unter Strom".

Da kam Campino auf die Bühne und eröffnete das Konzert mit dem gleichnamigen Song. Die Menge schien wie elektrisiert und hüpfte hin und her. Wir standen circa fünfzig Meter von der Bühne entfernt und ließen uns von der Menge treiben. Während meine Freundin als Hosenfan sofort mitrockte, begann ich mich, mit einem Bier in der einen Hand, allmählich einzuwippen. Der Alkohol betäubte meinen Körper und setzte meine Hemmschwelle herab. Ich spürte, wie mich meine Bandscheibe anfeuerte und ich mir immer mehr zutraute. Gewiss tanzte ich mich nicht in Ekstase mit unzähligen Verrenkungen, aber ich tanzte im wahrsten Sinne des Wortes bodenständig. Meine beiden Füße klebten am sächsischen Sandboden und ich wackelte mit der Hüfte hin und her. Nach einigen Songs holte ich mir mein drittes Bier und reihte mich wieder in die Menge ein. Mir ging es richtig gut, ich spürte keine Blockade und tanzte weiter. Tanzen ist besser als nur Herumstehen. Nach dem vierten Bier wurde ich noch mutiger und begann, bei einigen Liedern den Refrain zu hüpfen. Es klappte wirklich und tat kein bisschen weh. Unglaublich! Durch Wackelstabübungen und EMS hatte ich mir in der letzten Zeit einige Muskeln zusätzlich aufgebaut, die mir diese Hüpfeinlagen ermöglichten. Ein Fortschritt war erkennbar, der ohne Alkohol nicht möglich gewesen wäre.

-Das ist doch Quatsch!

-Das verstehst Du nicht, Bandy.

-Du musst nur an Deinen Körper glauben, mein Junge.

-Mit bisschen Bier wird man halt mutiger.

-Bisschen Bier? Wenn ich vier Bier trinken würde, würde ich achtkantig aus der Wirbelsäule plumpsen. Da geht gar nichts mehr. Klingt nach Sucht, würde ich meinen.

Meine Bandscheibe konnte sich nicht in meine Lage versetzen. Sie konnte nicht begreifen, dass ein ungesundes Genussmittel zum Wohle meiner Gesundheit beitrug.

Das Konzert überstand ich ohne Blessuren, abgesehen von leichten Kopfschmerzen, die auf etwas überhöhten Alkoholkonsum zurückzuführen waren.

In den darauffolgenden Tagen verspürte ich eine leichte Verbesserung meines Rückenzustandes. Einige Bewegungen gingen leichter von der Hand. Durch die höhere Belastung, die ich meinem Rückenapparat in der sächsischen Landeshauptstadt zumutete, erfuhr mein Körper einen neuen Grad der Stabilität, der mich selbstverständlich nicht zufrieden stellen konnte. Jeden Morgen weiterhin die Übungen durchziehen, die ich mittlerweile als Rückensport bezeichnete, weil es einfach sportlicher klang. Zwei-bis dreimal die Woche den Wackelstab malträtieren, einige neue Übungen mit höherem Schwierigkeitsgrad ins Trainingsprogramm aufnehmen, langsam den Körper auf härtere Aufgaben vorbereiten. Das waren alles Maßnahmen, um der Monotonie des sitzenden Arbeitsalltages entgegenzuwirken.

Trotzdem konnte ich immer noch nicht joggen, geschweige zum Bus rennen bzw. etwas schneller laufen. Es war zum Verrücktwerden.

Das war also das nächste Thema, was ich in Angriff nehmen musste. Mein Ziel ,im Sommer zu wandern, hatte ich nicht aus den Augen gelassen.

Meine Zellen konnten davon ein Lied singen, sie mussten sich jeden Tag meine Wünsche anhören.

10 Joggingtime

Es war also an der Zeit, meinem Körper das Joggen wieder beizubringen. Wie sollte das nur funktionieren, ohne Vertrauen in den eigenen Bewegungsapparat. War ich zum Laufen bereit?

Meine Zellen und Bandy rieten mir, es einfach zu versuchen, frei nach dem Motto: Mehr als schiefgehen kann nicht passieren. Breche ich zusammen, weil sich meine Bandscheibe verabschiedet hat, und der Notarzt suchend durch die Königsheide flitzt, da ich unter einer Tanne liege und mich nicht mehr bewegen kann? Nein!

Wenn es weh tut, muss ich das Joggen beenden, ich muss unbedingt meine Grenze ausloten, wie weit ich überhaupt gehen kann. Nur so geht es voran, nur so kann ich das Tal weiter durchschreiten, um irgendwann an der Erhebung anzukommen und weiter hinauf zu gehen.

Meine Freundin unterstütze mich bei dem ersten Versuch. Nach der Arbeit zogen wir uns um und dehnten uns ausgiebig. Dann ging es ab in die Königsheide, einem kleinen Waldgebiet in Wohnungsnähe. Ich war ein wenig aufgeregt und lief los, langsamer als langsam. Als alter Marathonläufer weiß ich, wovon ich spreche. Zum Glück war ich im Wald, und keiner konnte mich sehen. Meine Freundin lief neben mir. Ganz ehrlich, ohne respektlos gegenüber sehr langsamen Läufern sein zu wollen:

Dieses unglaubliche Schneckentempo war ich nicht gewöhnt. Selbst meine Partnerin musste zwei Gänge zurückschalten, um mir nicht zu enteilen.

-Lauf nicht so verkrampft.

-Ich bin nicht verkrampft.

Jetzt musste ich auch noch Kritik betreff meines Laufstils einstecken. Mir war gar nicht aufgefallen, dass meine Arme starr nach unten hingen, während ich die ersten Joggingversuche unternahm. Meine Freundin wollte mich darauf hinweisen, ein wenig Lockerheit in die Angelegenheit einfließen zu lassen. Zum Glück lief ich nicht an einer großen Schaufensterscheibe vorbei, in der ich mich mit einem seitlichen Blick hätte bewundern können. Ich wäre in dem nahrhaften Waldboden versunken und nie wieder erschienen.

Es gelang mir erstaunlicherweise schnell , meinem sportlichen Handeln einen gewissen Entspannungstouch zu geben. Eine gewisse Lockerheit war nun in mir, die mir die Sicherheit gab, den Lauf fortzuführen. Sonst wäre ich mit einer Nacken-und Gesichtsstarre nach Hause gekommen, die mir eine unerwartet schnelle Rückkehr in meine so geliebte Physiopraxis gesichert hätte.

Von Laufen konnte keine Rede sein, das Wort für meine Art von Bewegung musste erst erfunden werden.

Während ich nun den Wettbewerb „Königsheider Schneckenlauf" mit höchster Ernsthaftigkeit weiter verfolgte, schaltete ich einfach meinen Verstand aus, um nicht in Selbstmitleid zu zerfließen. Im Grunde war es eine Farce ,sich auf diese Art und Weise durch den Wald fortzubewegen. Auf der anderen Seite ist es ebenfalls eine Farce, solche Gedanken zu haben. Ich konnte doch froh sein, mich überhaupt bewegen zu können. War ich undankbar? Verlangte ich zu viel von mir? Bilder eines meiner Zieleinläufe vom Berliner Marathon tauchten vor meinen Augen auf. Drei Stunden, nachdem der erste Läufer durchs Ziel gerannt war, erreichte ich freudestrahlend und die Hände in die Höhe reckend, die ersehnte Linie, die alle schweißtreibende Anstrengung der letzten fünf Stunden von mir nahm. Ich fühlte mich wie ein Olympiasieger, am Ziel seiner Träume angelangt.

Das war es!!

Ich musste die Königsheide zum Zieleinlauf Kurfürstendamm umfunktionieren, mein geliebter Wald waren die letzten Kilometer der Berliner Marathonstrecke, den Platz des

Wilden Eber setzte ich ans Kino Astra, und schon hatte ich den erwünschten Motivationsschub.

Und so joggte ich zwei Minuten am Stück, dann ging ich zwei Minuten, um meine Bandscheibe zu schonen. Das wiederholte ich drei Mal. Danach spürte ich eine leichte Blockade. In einem unbeobachteten Moment blieb ich einfach stehen, stellte mich kerzengerade hin, beide Füße zusammen, die Zehen angewinkelt, Bauch einziehen, und das Becken leicht nach oben wippend, die Pobacken werden dadurch automatisch zusammen gekniffen. Diese Übung ca. zehn bis fünfzehnmal ausführen, gleichmäßig das Becken nach oben und nach unten bewegen. Dem Lendenwirbelbereich gefiel das so sehr, dass ich noch zwei weitere Minuten joggen durfte.

Vielen Dank liebe Physiotherapeuten, ich liebe Euch!

-das wurde ja auch mal Zeit! Die haben nämlich ganz gute Arbeit geleistet. Was ich aber bemängeln muss......

-ja, Bandy? Was kommt jetzt wieder?

-....zu mir hast Du so etwas nettes noch nicht gesagt.

-das ist aber nicht ganz richtig.

-bin gespannt auf Deine Verteidigung.

-zu meinen Zellen spreche ich jeden Tag, und da Du aus Zellen bestehst, meine Liebe, bist Du immer mit dabei!

-na ja, gerade mal die Kurve bekommen, aber ein persönliches Bekenntnis wäre auch mal schön für mich.

-okay, werde ich mir merken, Bandy.

Die gerade beschriebene Anwendung wird auch im Bauchtanz verwendet und gilt als sehr rückenfreundlich. Sie lockert und stabilisiert zugleich. Ich habe sie in meinem Alltag eingebaut. Man kann sie überall anwenden.

Natürlich sieht es sehr komisch aus, wenn ich an der Bushaltestelle stehe, aber mir ist das gleichgültig, wenn ich argwöhnische Blicke anderer Passanten auf mich ziehe, die bei mir Blasendrang oder Paarungslust vermuten würden. Da ich bis jetzt noch nicht angesprochen wurde, pfeife ich einfach darauf. Meinem Körper tut es gut, und Berlin ist eine verrückte Stadt mit vielen merkwürdigen und spleenigen Menschen, da falle ich nicht besonders auf. Der einzige Ort, den ich nicht favorisiere, sind Kinderspielplätze, da man voreilig in eine falsche Kategorie von Menschen eingeteilt wird. Warteschlangen im Supermarkt und WC-Besuche auf der Arbeitsstelle sind dagegen sehr gute Gelegenheiten.

Durch diese für mich neuartige Form des rückenfreundlichen Joggens konnte ich mir und meiner Bandscheibe neue realistische Ziele setzen, was der gesamten Gesundheitsangelegenheit etwas sehr Positives abgewann. In naher Zukunft wollte ich fünfzehn Minuten am Stück blockadefrei joggen. Das sollte mir doch gelingen. Mein Plan war, die Zeitintervalle minutenweise zu erhöhen.

Erstaunlicherweise spürte ich nach jeder Trainigseinheit eine leichte Verbesserung der Stabilität. Nach einem Monat hatte ich mich bei fünf Intervallen von zwei auf vier Minuten verbessert. Das waren hundert Prozent! Ich fühlte mich richtig gut. Die Gehpausen gestaltete ich individuell, entscheidend war für mich die am Stück gejoggte Zeit. Unmittelbar nach dem Joggen spürte ich eine Belastung im Lendenwirbelbereich, die dann wieder verschwand. Beckenübungen und Baucheinziehen während des Laufens trugen ebenfalls zum Wohlempfinden bei.

Sicherlich ist das Baucheinziehen beim Sport recht ungewöhnlich, da man darauf achten sollte, dass einem nicht die Luft abgeschnürt wird und man dadurch nicht im Wald liegen bleibt. Bei richtiger Konzentration funktioniert es tatsächlich. Abgesehen vom Stabilitätsaspekt wird der Bauchspeck erfreulicherweise in Muskeln umgewandelt.

Dieser Trainingsmodus zeigt, dass jeder einzelne seinem Körper in einem gewissen Grade etwas zumuten darf, indem man mit ihm spricht und in ihn hineinhorcht. Körperliche Grenzen sind dafür da, überschritten zu werden. Eine vernünftige und sachliche Vorgehensweise ist dabei ein gutes Fundament.

Nach drei Monaten hatte ich die fünfzehn Minuten geschafft!

Weiter geht´s mit neuen Zielen.

11 An der Bushaltestelle

Jetzt war ich auf dem richtigen Weg. Inzwischen konnte ich mittlerweile fünfzehn Minuten joggen, eine Stunde spazieren gehen und die Treppen wieder normal hinauf und hinunter gehen. Meine Bewegungsabläufe waren wirklich besser geworden. Aber ich war noch lange nicht am Ziel. Je nach Tagesform meldeten sich mein Körper und meine geliebte Bandscheibe inklusive des gesamten Rückenapparates mit den mir bekannten Signalen. Mir war zum Glück die Gabe gegeben, in meiner unnachahmlichen Weise, gegenzusteuern.

Diese Gesundheitsodyssee schien ein Marathon zu werden, der längste Marathon, den ich je laufen sollte. Warum hatte ich mich nur dazu angemeldet? Welcher Sinn verbarg sich dahinter? Die Welt und das Universum wollten mir etwas zeigen. Erst zu einem viel späteren Zeitpunkt konnte ich darauf eine Antwort geben.

Dreißig Minuten laufen am Stück, ohne Blockade. Zu schaffen bis zum Herbst dieses Jahres. Das war meine nächste Vorgabe. Durchaus machbar. Mir blieben noch ca. drei bis vier Monate.

Als ich einmal etwas länger auf meinen Bus warten musste, ist mir etwas seltsames passiert. Ich stand bereits einige Minuten an der Haltestelle und wartete , wie man eben auf einen Bus wartet: gedankenverloren, einen leeren Blick aufsetzend, das eine Bein kurz bewegend, dann das andere, vielleicht noch in das benutzte Papiertaschentuch einen Verlegenheitsschnauber fabrizieren, obwohl man gar nicht schnauben braucht, man schnaubt nur, um sich gelangweilt die Zeit zu vertreiben. Ein Bus war ausgefallen, die Haltestelle hatte sich langsam gefüllt.. Ich war von ungeduldigen Menschen umgeben, die in ihren Bus einsteigen wollten, der aber nicht kam.

Plötzlich meldete sich mein Körper, dem das Warten offenbar zu eintönig erschien, in

Form von leichten Zwickgefühlen im Lendenwirbelbereich. Die Signale gelangten an mein beschäftigtes Gehirn. Mir wurde sofort meine Nachlässigkeit bewusst. Ich hatte lange auf Arbeit gesessen, ohne sich viel zu bewegen, und beim abendlichen Gang zur Toilette in dem ganzen Stress tatsächlich vergessen, meine berühmten Beckenübungen zu machen. Welch fatales Vergehen!

Postwendend kam nun die Quittung. Sollte ich mich nun herablassen, in aller Öffentlichkeit das Procedere nachzuholen, mit dem Wagnis, des Blasendranges oder der Paarungslust bezichtigt zu werden? Beide genannten Dinge sind in meinen Augen nichts Verwerfliches, sondern sehr menschliche Zustände, die auf der ganzen Welt ihre Akzeptanz haben.

Keine Kinder da, das war schon mal gut. Es schienen alles anständige Leute zu sein, die bereits mal gepinkelt und gevögelt haben. Warum nicht wagen. Über die Frage des

Zeitpunktes lässt sich selbstverständlich diskutieren.

Ich begann allmählich, mein Becken vor und zurück zu wippen. Vorsichtig schaute ich nach links. Die alte Dame, die bis jetzt nur nach vorne gestarrt hatte und mir nicht den Eindruck vermitteln konnte, dass sie in der Lage war, ihren Kopf überhaupt zu bewegen, geschweige nach rechts zu drehen, sah mich sehr fragend, argwöhnisch und vorwurfsvoll an. Ich ignorierte sie einfach und bewegte mich weiter.

-Lass Dich von der alten Frau nicht stören, Junge.

-Danke, Bandy. Werde ich nicht.

-Tut mir nämlich ganz gut, nach der ganzen Sitzerei.

Neben mir stand ein junger Mann, der mich zwar beobachtete, aber meinem Handeln keine Bedeutung beimaß. Er wandte sich sofort ab, als ich zu ihm nach rechts blickte. Vielleicht war ihm das auch alles peinlich. Die Menschen vor mir hatten sich nicht umgedreht. Wer stand hinter mir? Ich hatte während der ganzen Warterei nicht mitbekommen, ob sich überhaupt jemand hinter mir gestellt hatte, ausreichend Platz war vorhanden.

Bloß nicht umdrehen. Und weiter wippen.

„Was machen Sie denn da, verdammt noch mal."

Das kam so unerwartet, ich zuckte richtig zusammen.

Die alte Frau war nicht stumm und sagte tatsächlich diese Worte. Für eine Schrecksekunde war ich begriffsstutzig.

„Ich bin Bauchtänzer und bereite mich fürs Training vor, meine Liebe," versuchte ich, schlagfertig zu sein.

„Na, ich weiß nicht."

Sie blickte immer noch argwöhnisch und schüttelte nachdenklich ihren kleinen Kopf. Mir entstand der Eindruck, dass das Kopfschütteln kein Ausdruck des Unverständnisses war, sondern dass es sich hier leider um altersbedingten Kopfwackeltremor handelte.

„Das sieht sehr unanständig aus, junger Mann, wenn Sie sich so bewegen."

Sie ließ wirklich nicht locker, das gibt es ja gar nicht!

Ich brach den Wippvorgang ab, um in den gewöhnlichen Stehmodus überzugehen, und versuchte die Szenerie zu beruhigen, indem ich sie einfach ignorierte und schweigsam blieb. Sie schien der einzige Unruheherd in der anwesenden Gruppe zu sein. Meine Hoffnung bestand darin, dass sich die alte Dame nun von mir abwenden und mich in Ruhe lassen würde. Aber weit gefehlt! Meine Hoffnung blieb ein unerfüllter Wunsch und zerplatzte wie eine Seifenblase. Nicht dass sie unser kurzes Gespräch fortsetzen wollte, nein, es kam noch viel schlimmer. Sie besaß die Unverfrorenheit, auf mich zuzugehen.

„Wieso antworten Sie nicht? Ist Ihnen das nicht peinlich?"

Sie stand jetzt vor mir. Es ging alles so schnell. Mir blieb nicht viel Zeit, die ganze Situation zu realisieren.

Wollte mich die Frau jetzt an den Pranger stellen? Wollte sie mich öffentlich fertig machen? Was wollte sie überhaupt? Ich kam mir schon vor, wie bei einer öffentlichen Hinrichtung.

Sie sah böse aus. Hätte sie einen Stock in ihrer Hand gehabt, würde sie bestimmt auf mich erbarmungslos einprügeln. Ich spürte die Blicke der anderen Passanten, die auf eine Schlägerei hofften. So sind die Menschen, lüstern nach Sensationen und Schlagzeilen, *Alte Frau verprügelt Vierzigjährigen an Bushaltestelle,* und ergötzend am Schicksal harmloser Mitmenschen. Welch verdorbene Gesellschaft hatte sich da um mich versammelt. In diesem Moment musste ich ganz stark sein, um nicht mit psychischen Schäden aus der Sache herauszugehen.

Wann kam nur der blöde Bus?

„Was wollen Sie denn von mir, junge Frau? Geht es Ihnen nicht gut? Kann ich Ihnen helfen?"

Ungeduld lag in meiner Stimme. Mein Versuch, den Spieß umzudrehen, konnte möglicherweise gelingen. Ich musste nur cool bleiben und die richtigen Worte finden. Meine halbe Miete bestand darin, psychologische Kriegsführung anzuwenden.

„Ihnen muss geholfen werden, nicht mir."

Sie erboste sich und lachte gequält.

„Sie sind ein Perversling. Ich rufe die Polizei!"

Sie baute sich förmlich vor mir auf und erhob ihren Zeigefinger. Der Frau war wirklich nicht zu helfen. Nun musste ich doch schwerere Geschütze auffahren, um die gesamte Situation zu entschärfen und um der Angelegenheit ein Ende zu bereiten. Der Bus kam immer noch nicht. Jegliches Zeitgefühl war verloren gegangen. Leises Gemurmel machte sich unter den wartenden Leuten breit. Es war eine Mischung aus Unverständnis und Belustigung. Wie sollte ich nun auf die überzogenen Äußerungen der Frau reagieren? Sollte ich das Spiel mitmachen und eine Eskalation riskieren oder sie sachlich über meine Rückenprobleme aufklären.

In der nächsten Sekunde entschied ich mich unbegreiflicherweise für die erste Variante.

„Jaaaa", schrie ich sie theatralisch wie ein Laienschauspieler an. Ich ging mit weit aufgerissenen Augen einen Schritt auf sie zu, hob beide Arme, als wenn ich sie unter mich begraben wollte und fuhr fort.

„Jaaaa, ich bin ein Perversling, der Sie vernaschen will und dann um die Ecke bringt. Jaaaa."

Ich muss bei der Frau einen furchterregenden Eindruck hinterlassen haben, denn sie wich ängstlich zurück. Das lag daran, dass ich mit meinem weit aufgerissenen Mund den Anschein erweckt hatte, ich würde sie auffressen wollen. Die anderen Leute schauten sehr befremdlich und konnten meine Reaktion nicht einordnen.

„Armer Irrer", murmelte eine Person.

„Sie sind ja verrückt," schrie die Frau, „ Hilfe, Polizei, ein Wahnsinniger, Hilfe."

Gerade wollte ich die Frau beruhigen, als ich urplötzlich von hinten gepackt wurde. Eine starke unbekannte Hand legte sich fest auf meine Schulter und zog mich ein Stück zurück.

„Nicht so hastig, lassen Sie die arme Frau in Ruhe, sie wollen doch jetzt nicht etwas Unüberlegtes tun."

Was war hier nur los? Ich wusste nicht, wie mir geschah, drehte mich um und sah in das Gesicht eines Mannes, der mindestens einen Kopf größer und muskelbepackt war.

„Ich habe doch gar nichts gemacht, das war nur Spaß, sie hat mich ja provoziert," brachte ich zu meiner Verteidigung hervor.

Es war die Polizeiuniform, die mich zu dieser Entschuldigung hinreißen ließ. Ich hatte den Polizisten nicht bemerkt. Er stand die ganze Zeit hinter mir.

Die Frau hatte sich beruhigt, als sie registrierte, dass ihr Wunsch nach staatlichen Beistand sich so schnell erfüllt hatte. Die Sache konnte ich mit dem Polizisten klären, ohne abgeführt zu werden. Endlich war der Bus gekommen, und alle stiegen ein.

Es ist unfassbar, in welche Situation man sich begeben kann, wenn man sich mit Disziplin und Akribie seinem Körper und der Gesundheit widmet. Als ich oben im Bus Platz genommen hatte, musste ich an die alte Frau denken. Sie stand ganz schön schief an der Haltestelle. Nun tat sie mir leid, dass ihre Wirbelsäule dem Alter Tribut zollen musste. Ihre Bandscheiben waren löchriger geworden, und ihr Gerüst hatte sich aufgrund fehlender Bewegung und chronischer Altersfaulheit gekrümmt. Sie sollte sich beim nächsten Mal neben mich stellen und ebenfalls wippen. Das Ganze nennt sich dann altersübergreifendes Synchronwippen, eine neue Sportart, die im Jahre 2028 in den Turnierkatalog der Olympischen Sommerspiele aufgenommen wird. Gewonnen hat derjenige, der in einer Minute am meisten wippt. Bingo! Witzigkeit kennt keine Grenzen.

12 Wandern ist der Bandscheibe Lust

Unser Wanderurlaub stand kurz bevor. Meine Freundin und ich hatten uns die Schweiz als Urlaubsziel ausgesucht. Sehr gespannt war ich, ob meine Wanderwünsche in Erfüllung gingen und die täglichen Zellengespräche Früchte getragen hatten. Meine armen Zellen mussten die täglichen Gebete über sich ergehen lassen. Die letzten Monate hatte ich mich sehr pflichtbewusst auf diesen großen Moment vorbereitet. Es war sehr angenehm zu spüren, dass für mich das Wandern wieder im Bereich der durchführbaren Tätigkeiten gerückt war. Vor fünf Monaten war daran nicht zu denken gewesen. Dank meines gesamten Trainingsplanes bin ich einen guten Weg gegangen und stand jetzt vor einer weiteren Bewährungsprobe. Wie lange konnte ich an einem Tag wandern? Wie würde ich auf die Strapazen reagieren? Waren meine Knochen und Gelenke überhaupt bereit? Das waren alles sehr entscheidende Fragen. Ein Aufenthalt in den Bergen ohne Wanderungen, einfach undenkbar, das war wie Sommer ohne Sonne. Meine Seele würde sich auf geheimnisvolle, traurige Weise entleeren.

Am ersten Tag gab es gleich einen Rückschlag. Auf dem Marktplatz unseres Dorfes, in dem wir für die nächsten zwei Wochen wohnen sollten, fand ein traditioneller Musikabend statt. Wir reihten uns in die Menge ein und lauschten der volkstümlichen Musik. Die Darbietung war ganz nett. So standen wir ungefähr fünfundvierzig Minuten auf einem Fleck und hörten gebannt der Musik zu. Bandy beschwerte sich einige Male bei mir über das bewegungslose Herumgestehe. Entweder muss es an der Musik oder an dem herrlichen Bergpanorama im Hintergrund gelegen haben. Die Bandscheibenkritik habe ich unbewusst ignoriert oder nicht wahr genommen. Aus Schaden wird man bekanntlich klug.

Als die Musik verstummte, löste sich die Menge auf und verschwand in alle Richtungen. Wir hatten es nicht weit zu unserer Pension.

„Wo bleibst du denn?"

Meine Freundin war bereits einige Schritte gegangen, als sie merkte, dass ich mich nicht an ihrer Seite befand. Ich war total blockiert und hing ein bisschen hinterher. Es zwickte im Lendenwirbelbereich, konnte mich leider nicht so schnell bewegen, wie ich wollte. Durch das lange Stehen auf einer Stelle hatte meine Bandscheibe einfach zu gemacht. Sie war beleidigt, da ich ihre Zeichen übersehen hatte. Als wir auf unserem Zimmer waren, steuerte ich mit entsprechenden Dehnübungen dem Malheur gegen. Bandy dankte es mir mit dem Ende der Blockade.

Dennoch legte sich Traurigkeit über mein Gemüt, da ich noch lange nicht in Bestform war und ein langer Weg vor mir lag. Das zeigte mir diese kleine Anekdote. Meine notorische Ungeduld kam wieder zum Vorschein, da ich mich einfach nicht damit abfinden wollte, kleine Rückschläge oder einen langsameren Gesundheitsverlauf akzeptieren zu müssen. Das Beste war, nach vorne schauen und sich nicht zu viele Gedanken über die Situation machen. Ich sollte mit meinem Zustand zufrieden sein. Mir war die Möglichkeit gegeben worden, meine Urlaubsreise antreten zu können, das war doch schon etwas, ein Umstand, den ich nicht zu schätzen wusste.

Am nächsten Tag erkundeten wir die umliegende Gegend und kamen so zu unserer ersten Wanderung in der Schweiz. Es ging für gut zwei Stunden hinauf und hinunter, ohne große Höhenmeter zu überbrücken, das optimale Warmlaufen, um den Wechsel von Berliner Büroluft zu sauerstoffreicher Schweizer Bergluft gut zu verkraften.

-Super, so gefällt mir das. Diese Art des Wanderns ist der beste Bewegungsablauf für mich, das ist Balsam für meine Bandscheibenseele.

-Ich wusste gar nicht, dass ihr Bandscheiben auch so etwas wie eine Seele habt, Bandy.

-Aber sicher mein Junge, sonst wäre ich ja nicht so mit Dir verbunden. Wir Bandscheiben sind recht lebendig und besitzen selbstverständlich auch eine Seele.

-Du überrascht mich immer wieder.

-Mach weiter so, dann wird´s ein schöner Wanderurlaub, aber nicht übertreiben, auch mal ´nen Tag Pause machen. Für heute reicht es mir, ich brauch jetzt Ruhe.

Ich respektierte Bandys Bitte und steuerte mit meiner Freundin wieder auf unsere Pension zu und legte mich wie befohlen aufs weiche Bett. Meine Freundin kam zu mir und schmiegte sich an mich.

„Die kleine Wanderung hat Dir hoffentlich nicht alle Kräfte geraubt. Ich jedenfalls hätte noch Energie…."

Sie schaute mich vielversprechend an und küsste mich.

-Jetzt aber keinen Fehler machen, Junge!

Nun funkte Bandy auch noch dazwischen.

-Was soll ich nun von dieser Aussage halten, Bandy?

Da konnte ich ja nur verlieren. Entweder die eigene Freundin vor den Kopf stoßen, oder meiner Bandscheibe den Gehorsam verweigern. Jedenfalls verstand ich Bandys Warnung als Hinweis auf Rückenschonung und Verzicht unserer sexuellen Befriedigung.

-Du brauchst jetzt Ruhe.

-Vielleicht denkst Du da mehr an Dich, meine liebe Bandscheibe.

Ich hatte Bandys Aussage also richtig gedeutet. Eigentlich war sie im Recht, denn mein Lendenwirbelbereich war recht strapaziert und benötigte eine kurze Auszeit.

Doch sah das meine Freundin genauso? Zweifel machte sich breit. Wie kam ich nun aus dieser Sache raus? Spürte ich doch, wie sich die Schlinge langsam um meinen Kopf legte. Ein direktes Gespräch zwischen meiner Freundin und Bandy wäre die Lösung des Problems, sozusagen eine Aussprache von Frau zu Frau.

Wenn ich ihr das vorschlage, steckt sie mich gleich in die Klappsmühle.

Wie konnte ich die Angelegenheit diplomatisch klären?

Wer war mir wichtiger? Meine Freundin oder meine Bandscheibe? Wollte ich in diesem Moment überhaupt Zärtlichkeiten austauschen? Bei einem Nein würde mir meine Freundin männlichen Egoismus vorwerfen, da ich der Wanderlust dem Sex den Vorzug geben würde. Das konnte ich nicht auf mich sitzen lassen. Wenn ich gewusst hätte, dass wir nach dem Wandern Sex haben werden, dann hätte ich die Wanderroute dementsprechend kürzer angelegt und mich auf ihre Bedürfnisse eingestellt. Nur ist das alles nicht planbar nach dem Motto *Komm mein Schatz, wir wandern nur eine Stunde, damit wir danach noch poppen können.* Meine Freundin würde nie auf den Gedanken kommen, die Versorgung unseres Hormonhaushaltes so gründlich zu planen. Dazu sind nur Männer imstande.

Würde ich den Avancen meiner Freundin nachgeben, so wüsste ich nicht, was meine Bandscheibe alles im Schilde führen würde. Auf der anderen Seite wollte ich mich auch nicht von Bandy abhängig machen, ich musste meinen eigenen Weg gehen.

Demzufolge entschied ich mich für die angenehme Seite des Lebens. Meine Bandscheibe hat es überlebt. Es gab keine negativen Rückkopplungen in Form von Blockaden oder irgendwelchen Befindlichkeiten. Bandy wirkte im ersten Augenblick ziemlich verärgert, besann sich dann eines Besseren und beließ es bei einer Ermahnung in Form eines kurzen Zwickens im Lendenwirbelbereich, welches keine weiteren Auswirkungen auf das Schäferstündchen hatte.

Ob Bandscheiben auch ein Sexleben haben? Vielleicht war Bandy aus diesem Grunde so gnädig mit mir. Ich werde es nie erfahren.

-Nicht so wie Ihr Menschen, aber wir haben eines.

-Ich hab´ doch gar nicht mit Dir gesprochen? Kannst Du jetzt auch noch Gedanken lesen?

-Gewissermaßen. Aber sei beruhigt, ich geh´ nicht gleich damit an die Medien. Wir sind aus anderem Holz geschnitzt, als Ihr Menschen. Von mir kannst Du auch noch lernen, mein Freund.

-Mich interessiert dennoch, wie Du das meinst, das mit Eurem Sexleben.

-Da biste hellhörig geworden, was? Typisch Männer.

-Na ja, klingt ja auch sehr merkwürdig. Wie soll das auch funktionieren?

-Du denkst nur an das Körperliche, dass irgend-was irgendwo reingeschoben wird. Mir graut es, wenn ich mir das nur bildlich vorstelle. Es gibt auch eine spirituelle Ebene.

-Spirituell? Und dieses aus Deinem Mund?

-Das Volk der Bandscheiben besitzt auch eine Seele.

-Hattest Du schon mal erwähnt, ich erinnere mich.

-Es ist für uns Bandscheiben ein Hochgenuss, im Einklang mit dem Körper zu sein, in dem wir uns befinden. Das ist für uns Sex, Ihr Menschen habt dann gleich immer einen Orgasmus, glaube ich.

-Und wann bist Du im Einklang mit dem Körper, in dem Du Dich befindest? Jetzt sag´ nicht, dass Ihr auch mal die Körper wechselt und mehrere Leben lebt, wie der Buddhismus es lehrt.

-Genau, aber das würde jetzt zu weit führen, Du sollst Dich hier im Urlaub auf die Natur und aufs Wandern konzentrieren. Dann wirst Du auf Deine Frage eine Antwort bekommen.

-Wenn Ihr Bandscheiben die Körper wechselt, wie soll sich denn da ein Einklang entwickeln?

-Du lässt nicht locker, stelle ich fest. Wir wechseln erst, wenn unsere Mission erfüllt ist.

-Jetzt seid Ihr auch noch Missionare? Mir wird es langsam zu bunt. Ich fordere eine Erklärung, damit ich die gesamte Sachlage besser begreifen kann.

-Sobald wir uns mit einem Körper, mit einem Menschen im Einklang befinden, verschwinden wir langsam aus dem Selbigen.

-Ihr verdünnisiert Euch sozusagen?

-Ja, und Ihr merkt es nicht einmal!

Ich glaubte, ein leises Kichern zu vernehmen. Unser Gespräch nahm immer mehr menschliche Züge an.

-Und was geschieht mit dem Körper, mit dem Menschen, fällt der aus Labilitätsgründen in sich zusammen? Nach dem Motto und das war´s!

-In keinster Weise, ein neues Bandscheibenseelchen wandert in den Körper.

-Das soll ich glauben? Klingt eher nach Fantasy-Komödie. Okay, wenn es wirklich so ist, dann ist die neue Bandscheibe auch im Einklang mit dem Körper, aus dem sie gerade rausgerutscht ist?

-Genau, mein Lieber.

-Und mit dem neuen Körper freundet sie sich nun an?

-So sollte es sein.

-Gut, angenommen ich akzeptiere und respektiere diese skurrile Geschichte, eines will ich noch wissen.

*-Das wäre? Aber dann beenden wir unseren in-
teressanten Dialog. Deine Freundin wacht gleich
auf.*

Gemeinsam standen wir, meine Bandscheibe
und ich, auf dem Balkon unserer Pension,
während meine Freundin nach dem Schäferstündchen liegen geblieben war.

*-Was bedeutet nun ganz konkret im Einklang
sein?*

*-Finde es selber heraus. Wir reden zu einem spä-
teren Zeitpunkt darüber.*

-Ich möchte aber jetzt die Antwort hören.

*-Du solltest selber darauf kommen. Das Erfolgs-
ergebnis unserer Therapie wird dadurch viel in-
tensiver, glaub´ mir- und Tschüss.*

-Hallo, das ist nicht fair, hallo….?

Stille. Keine Antwort mehr.

Bandy hatte sich stilgerecht verabschiedet.

Jetzt wusste ich, was ich zu tun hatte.

Die einzelnen Wanderungen, die wir während unseres weiteren Urlaubes unternah-
men, waren ein optimaler Gradmesser für
die Belastungshöhe meines Körpers.

Nach 4 Stunden wurden eindeutige Signale an mein Gehirn gesendet, die mich zum Aufhören zwangen. Mein Lendenwirbelbereich blockierte und schmerzte ein wenig. Ich versuchte meine berühmten Wippübungen einzubauen, derentwegen ich beinahe von der Polizei verhaftet worden wäre. Sie halfen ganz gut. Die an den Wanderungen anschließende zweistündige Siesta, inklusive Matratzensport wohlgemerkt, tat ein Übriges zur Stabilisierung bei.

13 Horch, was kommt von draußen rein

Gut erholt und rückengestärkt kam ich aus dem Urlaub zurück. Dennoch war es noch ein langer Weg zur Glückseligkeit. Zum Bus rennen konnte ich immer noch nicht. Die Blockade war noch gegenwärtig. Irgendwann würde ich auch feststellen, dass ich mich von dem Gedanken des Rennens verabschieden sollte. Was ist so entscheidend daran, dass ich nach einem hektischen Arbeitstag noch zum Bus hetzen kann, den ankommenden Bus gar nicht erreiche, da ich dank eines auf glatten Granitsteinen liegenden herbstfarbenden Laubblattes ausgerutscht und der Länge nach auf dem Gehweg hingeknallt bin und mir sämtliche Knochen gebrochen habe? Mein eigener Körper schützt sich mit dieser intelligenten Blockade vor dem jugendlichen Leichtsinn seines Besitzers. Oder vielleicht steckt dann doch Bandy dahinter, die im Laufe der Zeit die Kontrolle über mich und meinem Körper übernommen hat. Wahrscheinlich muss man Abstriche machen und Kompromisse eingehen.

Mein Joggingtraining machte Fortschritte, die täglichen Rückensportübungen trugen zur Stabilisierung bei, und die Wackelstabübungen wurden auch von mir forciert. Ausgiebige Spaziergänge am Wochenende und monatliches Schwimmen rundeten das Therapieprogramm ab. In dieser so bedeutungsvollen Zeit hatte ich gelernt, dass Bewegung das A und O für den menschlichen Körper war, gerade wenn man die ganze Woche beruflich in sitzender Funktion in seinem Arbeitsbüro verbringt. Diese Phänomen war vielen Menschen bereits bekannt, mir wurde es nun richtig bewusst, indem ich meinen wundervollen Körper neu entdeckte. War es mir an einem Wochenende nicht möglich, in der Natur spazieren zu gehen bzw. sich zu bewegen, so spürte ich die Folgen in der kommenden Woche. Es lief dann einfach nicht rund. Wackelstabübungen konnten das Dilemma ein wenig aus-gleichen. Ging ich wieder spazieren oder schwimmen, merkte ich sofort den positiven Unterschied. Joggen, schwimmen und spa-zieren gehen, kombiniert mit Stabilisie-rungsübungen bildeten die beste Mischung. Es gibt kein Rezept für die Häufigkeit und die Dosierung der Anwendungen. Da jeder Mensch einen anderen Körperbau mit sei-nen Knochen, Sehnen und Muskeln und un-terschiedliche Empfindungen und Sensibili-tät hat, ist auch jeder für sich selber verant-wortlich, wie oft, und in welcher Intensität er die Anwendungen ausführt. Selbstver-ständlich entscheidet er letztendlich, welche Übungen ihn gut tun. Während der kran-kengymnastischen Therapie lernt er durch die Therapeuten eine Vielzahl kennen, aus der er dann ein Sportprogramm zusammen-stellt.

Er hat die Pflicht, in seinen Körper hinein zu horchen. Wenn ihm diese Gabe fehlt, soll er versuchen, sie zu erlernen. Wenn der Wille dazu vorhanden ist, kommt er zu einem glücklichen Ergebnis. Wie kann man das lernen? Indem man sich zuerst auf einen bestimmten Istzustand in seinem Körper konzentriert, der durch Signale ans Gehirn transparent wird. Es ist zu erkunden, welche Region des Körpers betroffen ist. Wenn man sie herausgefunden hat, sollte man in sich gehen und die Augen schließen und mit seinem Körper reden, dass dieser Istzustand positiv verändert werden soll, und vor allem, mit welcher Maßnahme er verändert werden kann. Das funktioniert, indem man seine Zellen bittet, auf den richtigen Weg geführt zu werden und dass die richtigen Maßnahmen ergriffen werden. Menschen, die an Engel glauben, können auch diese ansprechen. Engel sind dafür da, Probleme zu lösen, die wir mit unserem eigenen Ich nicht lösen können. Auf alle Fälle bringen sie uns auf die richtige Fährte. Es ist sehr wichtig und unerlässlich, sich mit seinem eigenen

Körper auseinanderzusetzen und zu beschäftigen.

Wieder stand ich an der Bushaltestelle. Durch die alltägliche Busverspätung, die sich seuchenartig durch ganz Berlin verbreitete, hatte ich ungewöhnlich viel Zeit, mir die Leute anzuschauen, die gemeinsam mit mir auf unser Transportmittel warteten. Der Maurer stand neben dem Manager, die kopftuchtragende Frau vor zwei Schulkindern, die Bankangestellte hinter einem gepflegt aussehenden Rentner, also alle Bevölkerungsschichten vertreten. Nur die attraktive junge Dame Mitte zwanzig, mit toller Figur und aufreizendem Dekolleté und superlangen Beinen, dass einem das Wasser im Munde zusammenlief, fiel aus meiner Sicht aus dem Rahmen. Sie stand schräg links hinter mir. Ich hatte sie erblickt, da ich mich langsam im Kreise gedreht hatte. Sie fiel so aus dem Rahmen, dass ich sie noch einmal sehen wollte, ohne selbst dabei aufzufallen. Als ich meinen Oberkörper nach links drehte, zwickte und stach es leicht im linken seitlichen Bereich oberhalb der Hüfte, verdammt! Gönnt mir mein Körper nicht einmal einen feierabendlichen Augenschmaus, wie grausam ist doch die Welt. Ich stand wieder gerade und ging mit dem Manager zusammen in den Bus, der gerade eingefahren war.

Während der Bus davonfuhr, und die junge Frau allmählich aus meinem Gedächtnis entschwand, machte sich ein anderer Gedanke in mir breit. Soeben begann ich, meinen Körper zu hinterfragen und mich mit ihm auseinanderzusetzen. Was hatte gezwickt, und wo genau war das Zwicken platziert? Was war los mit meinem Körper? Horch, was kommt von draußen rein, kam es mir in den Sinn.

Meine Zellen bat ich , mir die richtige Sichtweise und die für diese Situation bestmöglichen Gedanken zu geben. Wie kann ich die geschundene Körperregion stabilisieren, welche Übungen sind geeignet? Was kann ich tun, lieber Körper, damit das Zwicken verschwindet?

-Liebe Zellen, bitte gebt mir ein Zeichen!

Ich entsann mich einer Übung aus meiner Krankengymnastikzeit , die genau für die Körperpartie zuständig war. Sie diente zur Stabilisierung der seitlichen Muskeln und Sehnen. Diese Übung nahm ich nun in mein alltägliches Programm auf. Nach einiger Zeit war das Zwicken verschwunden, die Muskeln hatten sich aufgebaut. Das hübsche Mädchen hatte ich nie wieder gesehen.

Sicherlich ist es nicht ratsam, auf jedes beliebiges Zwickgefühl in seinem Körper zu achten, da man sich schnell verrückt machen kann. Auch hier gilt, wie bei vielen Dingen im Leben: Ein gewisses Mittelmaß ist allezeit gut angebracht. Von irgendetwas zu viel hat immer einen Nachteil. Über einige Dinge hinweg schauen tut dem Menschen gut. Ein leichter Schmerz oder eine leichte Verspannung gehen manchmal unbemerkt von alleine weg. Bei elementaren Problemen, wie ich es nun erleben durfte, war das eine ganz andere Sache.

14 Volumen und Gewichte

Im Laufe der Zeit stabilisierte sich mein Körper zu meiner Zufriedenheit immer mehr. Das Ereignis mit dem legendären Regal hatte sich zum ersten Mal gejährt. Meine Freundin und ich konnten jetzt sogar nach Peru in den Urlaub fliegen. Es war schon ein großer Fortschritt für mich, solch große Reise überhaupt planen zu können. Vor einem halben Jahr hätte ich mir das nicht zugetraut. Es ging kreuz und quer durch den Südteil des Landes mit stundenlangen Autofahrten, die Bandy bravourös meisterte. Die wunderbaren Naturen Perus verteilen sich immerhin auf einer im Vergleich zu Deutschland vier Mal so großen Fläche. Im Reiseplan wurden einige leichte Wanderungen integriert, die für Abwechslungen sorgten, auch zur Freude meiner Bandscheibe inklusive des gesamten Rückenbereiches. Dennoch darf man auch im Urlaub es nicht schleifen und die nötige Disziplin nicht missen lassen, die sportlichen Rückenübungen sollten unbedingt ab und zu mit eingebaut werden. Auch nach diesem Urlaub konnte ich hinsichtlich der Rückenstabilität eine Besserung verspüren, es bauen sich immer wieder Muskeln auf. Grundsätzlich ist zu vermerken, dass jeder aktive Urlaub zur Verbesserung beiträgt. In den folgenden Jahren durften wir ausschließlich reine Wanderurlaube genießen, die meinem Körper immer wieder gut tun. Bewegung, Bewegung, Wandern, Wandern, die beste Medizin für den Rücken und den gesamten Körper sowieso.

Wer nicht rastet, der rostet nicht.

Dieses Sprichwort bestätigte sich immer wieder aufs Neue. Dennoch sollte man in der Euphorie sachlich bleiben und um Gottes Willen keine schweren und unhandlichen Dinge tragen. Was *schwer* ist, muss jeder für sich entscheiden. Es kommt wirklich auf das Volumen und auf das Gewicht des Gegenstandes an. Ich arbeite im Baustoffhandel und kann getrost davon ein Lied singen. Nicht dass ich im Lager arbeite, ich übe als Innendienstverkäufer eine sitzende Tätigkeit aus, der ich mit einem vom Arbeitgeber gespendeten Gesundheitsstuhl gut entgegenwirke. Von Bandy habe ich dafür einen Freundschaftspreis erhalten.

Es kommt immer mal wieder vor, dass ich als Hochbauverkäufer in ein Klinkerberatungsgespräch verwickelt werde, was mir normalerweise auch Freude bereitet. Als Fachberater tragen wir dazu bei, dass unser Kunde sich das Gesicht seines Hauses, in dem er den Rest seines Lebens verbringen will, selbst erstellt.

Schwierig und unangenehm wird das Beratungsgespräch mit einer zierlichen Frau, die vom Verkäufer gentlemenähnliche Eigenschaften voraussetzt, wie in meinem Fall am eigenen Leibe erlebt. Das Beratungsgespräch verlief anfangs ganz gewöhnlich, ohne große Überraschungsmomente in einem respektvollen freundlichen Rahmen. Die attrak-

tive Kundin hatte schon ihren Zettel gezückt, um meine Privatnummer für die Zeit
danach zu notieren. Ich ging natürlich nicht
darauf ein und zog den Dialog professionell
durch. Mir fiel glatt die Kinnlade runter, als
sie nach einem Musterstein fragte, weil ich
wusste, was kommen sollte. Dummerweise
hatten wir den favorisierten Stein zu allem
Übel am Lager.

„Ich kann Ihnen direkt vom Werk einen
Musterstein nach Hause schicken."

Den Gang ins Lager versuchte ich zu umgehen.

„Dann haben Sie gleich die aktuelle Charge
zur Ansicht."

„Ich möchte den Stein aber sofort mitnehmen, mein Architekt benötigt unbedingt
heute Nachmittag eine Vorlage dieses Klin-
kers."

Sie ließ sich einfach nicht abwimmeln.

„Das muss doch möglich sein, dass Sie mir
den Mustersein, den Sie hier am Lager haben, in den Kofferraum legen können."

Das war´s. Jetzt versuchte sie mir auch noch unterlassene Hilfeleistung vorzuwerfen.

Ich versuchte zu retten, was noch zu retten war, und ging mit ihr ins Lager.

„So das ist der Stein, meine Dame," sagte ich voller Stolz und wies auf die angefangene Palette, die vor uns stand.

„Die Farbe gefällt mir, das wird schon passen."

„Das freut mich sehr, da wird dann ihr Architekt dankbar sein," erwiderte ich in der Hoffnung, dass sie endlich den Stein nahm und verschwand.

Aus bekannten Gründen versuchte ich mich davor zu drücken, ihr den drei Kilogramm schweren Stein zum Auto zu tragen. Unser Lager war sehr weitläufig, und die Paletten standen ganz hinten am Kanal, das sind glatte hundert Meter zum Parkplatz.

Wir schauten uns gegenseitig an. Es passierte nichts. Keine Reaktion. Mit meinen Blicken wollte ich ihr zu verstehen geben, dass sie den Stein nehmen kann.

-Ich schenke ihn Dir, bin ich nicht großzügig?
Es war mir zu peinlich, die Wahrheit zu sagen, dass ich diesen lächerlichen Stein nicht heben wollte. Ihre Blicke sagten mir unmissverständlich, dass ich faule Socke ihr nun endlich den Stein zum Auto tragen soll.
Die Situation war nicht schön für mich. Wie kam ich nun da raus? Der Stein wiegt im Grunde nur drei Kilogramm, hat jedoch gleichzeitig eine Länge von vierundzwanzig Zentimetern, bei einer Breite von elfeinhalb Zentimetern und einer niedlichen Höhe von einundsiebzig Millimetern. Und das ist die Crux an der ganzen Geschichte. Auf der einen Seite haben wir das Gewicht von drei Kilogramm, eigentlich tragetechnisch kein Problem, auf der anderen Seite aber nur ein Volumen von nicht mal einem fünfhundertsten Teil eines Kubikmeters.
Würde ich den Stein gedankenlos in meine Hand nehmen, Bandy würde sich schon bei mir melden, da konnte ich mir absolut sicher sein. Mir lag es jedoch fern, sie grund-

los zu provozieren. Da ich in der Schule in Physik sehr schlecht bzw. in den Unterrichtsstunden abwesend war, gehe ich auf die physikalischen Gesetzte erst gar nicht ein. Eine gewöhnliche Fünfkiloeinkaufstüte dagegen lässt sich rückentechnisch problemlos tragen, da das Gewicht auf einem größeren Rauminhalt verteilt ist. Auch lässt sich ein elf Kilogramm schwerer Achtzig Liter Rucksack für einige Zeit auf den Rücken tragen.

Wichtig ist eine rückenfreundliche Aufnahme in Verbindung mit Baucheinziehen, damit der Lendenwirbel beim Aufsetzen des Gepäckstückes entlastet wird.

Diese ganze Thematik konnte ich mit meiner Kundin nicht besprechen, obwohl ich es interessant gefunden hätte, sie in die Welt der Volumina und Gewichte zu versetzen.

(Jetzt hätte ich beinahe *Volumina* mit *Vagina* verwechselt).

Das Problem regelte ich auf diplomatische und ehrliche Weise. Ihre Augen wurden größer, als ich ihr gestand, den Stein nicht tragen zu können. Ungläubigkeit und Verständnislosigkeit schlugen mir entgegen. Sie holte ihr Auto und ein freundlicher Lagermitarbeiter überreichte ihr den heiligen Stein. Bei ihr hatte ich jedenfalls in alle Steinzeit verloren, was zur Folge hatte, dass sie meine Privatnummer nicht mehr haben wollte. Die Steine hatte sie einige Wochen später bei einem Kollegen bestellt. Gut für unseren Umsatz.

15 Kinderwagen sind doof

Es ist immer wieder erstaunlich in welche Situationen ich gerate, um meine Hilfsbreitschaft gegenüber den lieben Mitmenschen in der Stadt zeigen zu können, oder eben gar nicht. Ich verpiesele mich rechtzeitig, um keinen unnötigen Diskussionsstoff zu liefern, was dann leider auch in Peinlichkeit übergehen kann. Sehe ich zum Beispiel vor einem U-Bahneingang einige Meter vor mir, eine Frau mit ihrem Kinderwagen gehen, verlangsame ich entsprechend meine Schrittgeschwindigkeit, damit ich am unweigerlich folgenden Treppenabgang nicht von ihr angesprochen werde, ihr Kind samt Wagen nach unten auf den Bahnsteig zu bugsieren. Die suchenden Kopfbewegungen nach einem Helfer erkenne ich schon von weitem.

Trag doch Dein Kind alleine. Wohl zu faul, den Umweg zum Fahrstuhl zu nehmen, das sind se!

Kinderwagenhelfaktionen sind die besten Voraussetzungen für einen Rückfall.

Das ist lediglich der Frau nicht bewusst, da sie sich mit solchen Gedankenspielen noch nie auseinandergesetzt hat und nur daran denkt, schnell in die U Bahn zu kommen, um das Babyschwimmen nicht zu verpassen. Reinster Egoismus in dieser Stadt gefährdet meine Gesundheit. Der Regierende muss hier schleunigst was ändern, damit nicht alles in der Stadt den Bach runterläuft. Frauen mit Kinderwagen sind sowieso die größten und denken, sie sind die einzigen, die unterwegs sind, sie sind die Königinnen der Bürgersteige, aber das ist wieder eine andere Geschichte, die einer Anekdote durchaus würdig wäre, vielleicht im nächsten Buch.

Es passierte mir, dass ich gedankenverloren an den Treppenabgang kam, vor meinen Augen lief ein missratenes Verkaufsgespräch vom Vortag, als ich aus allen Alpträumen gerissen wurde, um in den nächsten einzutauchen. Dieser war aber real und hart, unausweichlich.

„Junge Mann, können mir helfen vielleicht?" Schon die Anrede verursachte bei mir Verbreitung negativer Energie in Form von würgeähnlichen Gefühlen. Hier in Berlin ist es zur Gewohnheit geworden, fremde Männer ins Jungerwachsenenalter zurück zu hieven, die ganz offensichtlich die Midlifecrisis erreicht haben. In meinen Augen nichts als Heuchelei und verlogene Höflichkeit, und nur weil die Königin der Bürgersteige zu bequem ist, den längeren Weg zum Fahrstuhl zu nehmen.

„Um was geht es denn, alte Frau?"

„Wie..?"

Ihre Augen wurden so groß wie der Durchmesser einer Untertasse.

„Wie ich Ihnen helfen kann? Sie haben mich das doch gefragt, also frage ich Sie jetzt wobei, capice?"

„Isch nur gefragt! Warum du böse? Isch holen mein Mann."

Das Kopftuch war nicht zu übersehen und wedelte schon aufgeregt. Vielleicht dachte sie, dass ich sie zu einem Cappuccino einladen wollte.

„Und noch Ihre Brüder oder was?"

„Du sehen, ich Hilfe brauche."

„Nein, Sie sehen nicht hilfsbedürftig aus."

„Kinderwagen, ich nich schaffen allein."

„Wo ist ihr Mann? Ich denke, der ist in der Nähe, ich kann Ihnen nicht helfen, ich habe ein Rückenleiden."

„Wagen is nich schwer."

„Das können Sie gar nicht beurteilen."

Kurze Pause. Sie schaute mich verständnislos an. Jetzt waren die Augen ein Kuchenteller.

„Gerade beim Bücken mit zeitgleichem Tragevorgang tickt meine Bandscheibe aus."

„Was Du da reden?"

Bin dann weitergegangen, da ich nicht helfen und ich Ihr mein Dilemma nicht in ihrer Landessprache übersetzen konnte. Meine verhinderte Hilfsbereitschaft basierte nicht auf Ausländerfeindlichkeit sondern aus Respekt vor meinen eigenen Körper. Dieser hatte es einfach nicht verdient, durch eine sinnlose Kinderwagenaktion in den Urstand zu Beginn meiner Leidenszeit zurückkatapultiert zu werden. Wie konnte sich die Frau anmaßen, über die Stabilität meines Rückenapparates ein Urteil zu erlauben?

Wagen is nich schwer.

Sie weiß doch gar nicht, was für mich *schwer* ist. Sicherlich ist alles eine Kopfsache, um über seinen Schatten springen zu können, siehe das Leben der Fakire. Ich bin aber kein Fakir, sondern ein übervorsichtiger mit Tendenzen zur Angst neigender Mensch, der mit gesundem Egoismus an seine Wanderurlaube denkt.

An einem anderen Tage erlebte ich eine ähnliche Situation mit einer gebürtigen Berlinerin als Hauptdarstellerin. Gut gelaunt ging ich in den Feierabend und machte mich auf dem Heimweg. Ich erreichte mit dem Bus die U-Bahnstation Parchimer Allee, wo ich abends umzusteigen pflegte. Die Frau mit dem Kinderwagen hatte ich gar nicht wahr genommen, sonst hätte ich die entsprechenden Maßnahmen rechtzeitig eingeleitet. Sie lief in einem Pulk von Männern, was mich zu der Annahme verleiten ließ, starke und traglustige Unterstützung war in ihrer Nähe. Urplötzlich sprengte sich die Menge auseinander, die Männer waren wie durch ein Wunder verschwunden, und die Frau stand mutterseelenallein mit ihrem Kinderwagen vor dem Treppenabgang. Und sie sah mich, denn ich befand mich dummerweise neben ihr.

Hilfe! Polizei! Ich werde des Kinderwagentragens genötigt! Schreien hätte ich können. Panikattacken überkamen mich, da ich wusste, was nun abgehen sollte. Wegrennen konnte ich auch nicht mehr, da der Pulk von Männern erstaunlicherweise von der einen auf die andere Sekunde wieder anwesend war und mich mit Hilfe von professionellen Polizeigriffen in Gewahrsam genommen hatte.

-Du wirst diesen Kinderwagen nach unten tragen, und wenn es das Letzte ist, was Du in Deinem Leben tun wirst.

Mit Drohgebärden, erhobenen Zeigefingern und weit aufgerissenen Augen und Mündern standen sie alle vor mir.

So fühlt man sich also vor dem Jüngsten Gericht, wenn Deine letzte Stunde geschlagen hat. Tausende Gedanken schwirrten durch meinen Kopf, mein Kopfkino produzierte dramatische Bilder.

„Können Sie mir freundlicherweise helfen, den Kinderwagen die Treppe herunter zu tragen? Ich schaffe das nicht alleine."

Ihre sanfte freundlich und wohltuend klingende Stimme riss mich aus meinen Alpträumen und brachte mich zurück in die Realität.

-Wir können ja 'nen Kaffee trinken gehen.

Sie sah sehr nett und freundlich aus und bewegte sich im Frischfleischalter.

„Tut mir leid, ich sehe zwar nicht danach aus, aber mein Rücken macht nicht so, wie ich will. Ich würd´ ja gerne….*ne Runde poppen* helfen."

„Der Kinderwagen ist aber nicht so schwer." Ihre Ausstrahlung hatte blitzartig an Freundlichkeit verloren. Sie lächelte spöttisch und schaute mich abwertend an. Ich war in einer Sekunde von einem Helfer zu einem Nichtsnutz geworden.

„Den werden Sie ja wohl tragen können. Ich packe sogar mit an."

Vorwurfsvoll blickte sie mich mit ihren funkelnden Augen an. Oder waren da schon Zorn und Bösartigkeit in ihren Augen zu erkennen?

Meine Stimmung schlug schlagartig um.

„Ich bedaure das sehr, aber es geht wirklich nicht."

Noch versuchte ich höflich zu sein, obwohl ich bereits meinen Ärger in mir spürte. Was nun in den folgenden Minuten abging, war an Dramatik kaum zu überbieten. Innerlich musste ich mit dem Kopf schütteln.

Es ging doch nur um einen Kinderwagen!

„ Ha, das kann doch nicht wahr sein!"

Sie schrie so laut, dass andere Passanten unweigerlich auf uns aufmerksam wurden.

Der ganze Hohn und die unendliche Verachtung, die sie mir entgegenbrachte, trafen mich zutiefst. Das hatte ich nicht verdient.

Ein alter Herr wagte es wirklich, die Frau zu fragen, ob sie Hilfe benötigen würde.

„Hat er ihnen wat jetan?"

Dabei schaute er mich verächtlich an und schien mich mit seinen Augen durchbohren zu wollen. Für ihn war die Sache klar.

-*Haste wohl die Kleene angepickert, wa du Lustmolch.*

In diesem Moment hatte ich auf der Anklagebank Platz genommen. Die Richter begannen ihre Unterlagen zu sammeln, um sich auf das Vorlesen der Anklageschrift vorzubereiten.

Ich traute meinen Ohren nicht, als der Alte sprach.

„Was geht denn jetzt hier ab?" fragte ich unwirsch und an Realitätsverlust glaubend.

„Der wollte mich angrabschen."

„Waaaassss? Der wollte Sie angrabschen??"

Die ganze Menge war auf mich zugekommen und baute sich drohend meterhoch vor mir auf. Alle hatten von diesem skurrilen Vorfall erfahren, wobei ich der Einzige war, dem es wirklich skurril erschien, da die anderen selbsternannten Richter von einem unsittlichen Annäherungsversuch ausgingen und diese Angelegenheit als höchst kriminell einstuften. Die Ersten riefen schon nach der Polizei, dem Freund und Helfer. Ich sah mich schon in Handschellen abführen und fühlte mich ins Mittelalter zurückversetzt. Fehlten nur noch Strick und Marktplatz. Mein Gott, was war nur los hier. Jetzt nahm die Geschichte einen Verlauf, den ich mir in meinen kühnsten Alpträumen nicht vorzustellen wagte. Handys wurden gezückt und drei Minuten später erschienen drei Polizisten auf der Bildfläche. Ungefähr zehn Personen standen um mich herum, damit ich nicht abhauen konnte. Es war wie in einem falschen Film. Das Luder, in das ich mich vor einigen Minuten noch fast verknallt hätte, grinste mich in einem unbeobachteten Augenblick hämisch an.

-Das haste nun davon, Alter, hätteste mal den Kinderwagen runtergetragen.

Unglaublich, jetzt entpuppte sie sich noch als Psychopathin, die ist doch krank, dachte ich. Über die Anwesenheit der Polizisten war ich froh, bewahrten sie mich doch vor unüberlegter Lynchjustiz. Einer der Polizisten, der die Dreimanngruppe anzuführen schien, beruhigte die aufgebrachte Menge und sorgte erst einmal für Ruhe.

„So liebe Leute, was ist hier geschehen? Wir sind wegen versuchter Vergewaltigung hier. Wer ist das Opfer, wer ist der Täter?"

„Das soll doch ein Witz sein," rief ich entsetzt, nachdem ein raunendes **DER** mit zehn auf mich ausgestreckten Zeigefingern die Runde machte.

Der Beamte nahm uns beide zur Seite und somit aus der Schusslinie, während seine Kollegen die anderen Passanten befragten.

„Was ist nun genau passiert?"wandte sich der Polizist an die junge Frau.

„Er hat mich angegrabscht," sagte sie kurz und knapp. Der Polizist schaute mich an.

Ich versuchte, ruhig zu bleiben.

„Das stimmt aber in keinster Weise, und die junge Frau weiß das," sagte ich und schaute sie fest an. „Sagen Sie bitte die Wahrheit."

„Was hat der Mann nach Ihrer Meinung denn gemacht?" fragte der Polizist. Ich war etwas beruhigt, da er sich neutral zu verhalten schien.

Bevor die Frau antworten konnte, versuchte ich einzuschreiten.

„Die Frau bat mich,…."

„Ich habe **sie** gefragt," unterbrach mich der Polizist. Schlug der Bulle sich nun auf die weibliche Seite?

„Antworten Sie bitte, junge Dame. Was hat der Mann konkret gemacht?"

Ich bildete mir ein, er war nun auf meiner Seite.

„Er hat mich angegrabscht, sagte ich doch."

Sie verzog keine Miene.

„Gibt es dafür Zeugen?"

„Kann ich nicht sagen"

„Was sagen Sie dazu?" Der Polizist hatte sich zu mir gedreht.

„ Es kann keine Zeugen geben, weil es auch keine Tätlichkeit gegeben hat," erwiderte ich im ruhigen Ton.

„Die Frau bat mich, Ihren Kinderwagen nach unten zu tragen, ich habe freundlich verneint, da ich zur Zeit eine Rückenblockade habe, das war alles, und jetzt stehe ich als Schwerverbrecher da. Fragen Sie doch die Leute, die können nichts gesehen haben."

Und zur jungen Frau gewandt, sagte ich:

„Sie kann ich wegen Falschaussage und Verleumdung anzeigen, überlegen Sie sich das gut, was Sie hier erzählen."

Ihr kurzes Zucken in den Augen verriet, das sie nun begriffen hatte, zu weit gegangen zu sein. Der Polizist, der uns vernommen hatte, war zu seinen Kollegen rübergegangen. Nun kam er zurück.

„Tja, junge Frau, es hat keiner etwas gesehen, sind Sie sich ganz sicher, dass es so war?"

„ Ich habe die Polizei gar nicht gerufen, das muss hier ein Missverständnis sein, ich muss jetzt weiter."

Sie nahm ihren Kinderwagen und verließ den Bahnhof. Welche Wendung in diesem Prozess! Ich war frei!

„Na, die hat´s aber eilig," sagte ich etwas erleichtert zu dem Beamten, der möglicherweise aufgrund seiner Berufserfahrung den Verlauf vorhergesehen hatte.

„Tut mir leid für die Unannehmlichkeiten," sagte er kurz und verschwand mit seinen Kollegen.

Der alte Herr, der die Sache ins Rollen gebracht hatte, ging an mir wortlos vorbei.

„Wissen Sie was, alter Sack, dass Sie ein ganz großer Vollpfosten sind! Wenigstens entschuldigen können Sie sich bei mir."

Er ging weiter und drehte sich nicht um.

Es war besser so.

Ich ging zum nächsten Imbiss , bestellte mir auf diesen Schock einen halben Liter und trank ihn in einem Zug aus.

Es war unfassbar, was man in dieser Stadt alles erleben kann.

16 Busübungen

Nachdem ich mein Kinderwagentrauma in einigen Sitzungen gut verarbeitet hatte, war ich immer noch auf der Suche nach dem heiligen Gral, also nach dem Einklang, von dem Bandy so geheimnisvoll berichtet hatte. Auf meinem Weg in die Stabilität war er mir noch nicht begegnet, ich hatte schlichtweg noch keine Antwort bekommen und musste mir eingestehen, dass der Weg zu dieser Erkenntnis noch nicht zu Ende war. Mein Leben ging weiter , ich konnte mittlerweile dreißig Minuten am Stück joggen. Die Stabilisierung machte Monat für Monat Fortschritte, ich hatte nun begonnen, kontinuierlich zweimal im Monat schwimmen zu gehen. Von den tausend Metern kraulte ich zweihundert Meter. Das tat mir richtig gut.
Und nach jedem weiteren Wanderurlaub spürte ich, wie meine Muskeln im Lendenwirbelbereich immer stärker wurden. Vier Jahre sind nun vergangen, und ich habe ge-

lernt, dass meine Rückengeschichte zu meinem Leben gehört.

Einfach aus dem Nichts zum Bus sprinten, wie ich es in meinen besten Marathonjahren praktiziert hatte, kann ich immer noch nicht, brauche ich auch nicht, werde ich auch nicht mehr machen wollen. Warum nur unnötig Hektik und Panik verbreiten? Oder die Treppenstufen zum S-Bahngleis hochrennen, ohne richtig zu wissen, ob die Bahn überhaupt in der nächsten Minute eintrifft.

Ich bin absolut stolz auf mich und meinen Körper, wenn ich nach dreißig Minuten joggen die letzten zwei Minuten in einem wesentlich schnelleren Tempo laufen kann, und bin dann selber überrascht, mit welchen großen Schritten ich das dann hinbekomme.

Da läuft mein Körper rund und ist gelockert, wie bei einem gefühlten Sprint.

Meine gesamten Rückenübungen und sportlichen Aktivitäten werden immer zu mir gehören, wie das tägliche Zähneputzen.

Meine Situation vergleiche ich mit der eines

Leistungssportlers, der nur aufgrund seines täglichen Trainings seine gewünschte und geforderte Leistung abrufen kann. Natürlich brauche ich keinem etwas beweisen, sondern ich tue es aus Respekt vor meinem Körper und vor meiner Gesundheit und aus purem Egoismus, denn ich will wandern , mich gut bewegen können und auch meine sitzende Tätigkeit im Beruf gut überstehen, nur dann geht es meiner Seele und meinem Geist entsprechend.

Ich habe ein großes Ziel vor Augen, was ich gerne erreichen möchte. Es ist für mich eine Herzensangelegenheit geworden. Im Jahre 1980 stand ich als Fünfzehnjähriger mit meinem Vater auf der Alpspitze. Wie ich da hochgekommen bin, kann ich nicht sagen. Zu Fuß in jedem Fall, denn sowohl damals als auch heute gibt es keine Seilbahn, die irgendwelche Sonnenanbeter hochfahren kann, nur dem wahren Wanderer ist der Gipfelsturm vergönnt. Zu dieser Zeit gab es keine Handys und keine Digitalkameras, die heutzutage dank unzähliger Fotos aus jeder denkbaren Perspektive eine lückenlose Reisedokumentation ermöglichen. Zu dem Zeitpunkt, als ich begann, mich für die Revival-Tour nachhaltig zu interessieren, war mein Vater bereits fünfzehn Jahre tot. Es gab kein Tagebuch und auch keinen Reisebericht, nur zwanzig Bilder. Mein Erinnerungsvermögen hat mich leider in Stich gelassen, so dass sich die gewanderte Route nicht rekonstruieren ließ. Immer mehr ist der Gedanke in mir gereift, dort oben noch einmal zu stehen, noch einmal diesen Gipfel erklimmen. Es noch einmal versuchen, seine Grenzen auszuloten, ob es wirklich machbar ist. Für dieses Unterfangen benötige ich einen gesunden Rücken und überhaupt einen gesunden Körper, damit ich meinen Traum verwirklichen kann. Ich will vom Tal aus zu Fuß hoch und dann wieder ins Tal zurück, damit ich meine Erinnerungslücken nach so vielen Jahren endlich schließen kann. Die Anzahl der Tage ist mir unwichtig. Wichtig ist gesunder Egoismus, um zum Ziel zu kommen. Du musst an dich, an deine Gesundheit und an deine Mission denken. Natürlich darfst du nicht deine dir nahestehenden Menschen verletzen, aber du musst egoistisch genug sein, um einer fremden Frau auf dem U-Bahnhof deine Hilfe beim Kinderwagentragen zu verweigern, sonst wird es nichts mit der Alpspitze.

Selbstverständlich werde ich weiterhin meine Lockerungsübungen in der Öffentlichkeit machen, wenn es mir wichtig und unausweichlich erscheint, egal, was die anderen Menschen über mich denken. Der Bus eignet sich dafür sehr gut. Meistens fahre ich mit dem Doppeldecker, den großen Gelben, zur Arbeit. Ich sitze immer oben im hinteren Teil des Decks auf der linken Seite. Am Anfang meines Rückenthemas habe ich mir Gedanken gemacht, wie ich meine morgigen Dehnübungen in den Alltag mit einfließen kann. Zuhause liege ich bequem auf einem dicken Teppich und kann meine Übungen entsprechend zelebrieren. Aber was ist, wenn ich unterwegs eine leichte Verspannung spüre und gerade im Bus sitze, oder mich auf Arbeit befinde. Ich kann mich dort schlecht hinlegen und dehnen. Demzufolge habe ich mir eine unauffällige Übung im Sitzen ausgedacht, die praktisch den selben Dehn-bzw. Lockerungseffekt aufweist, wie die Originalliegeübung. Sie ist ganz einfach.

Ich sitze kerzengerade auf meinem Platz mit dem Gesicht nach vorne, also alles ganz unauffällig und gewöhnlich. Dann platziere ich meine linke Hand an die seitliche Außenfläche meines linken Oberschenkels, meine rechte Hand setze ich an die seitliche Außenfläche meines linken Knies. Ich sitze weiterhin gerade mit eingezogenem Bauch, was sehr wichtig ist. Noch scheint alles unauffällig für meine Mitmenschen. Dann drehe ich meinen Oberkörper und meinen Kopf nach links, so weit es geht, mein Hintern bleibt gerade, was bei dieser Übung entscheidend ist. Nach einigen Sekunden gehe ich wieder in die Ausgangsposition und drehe mich nahtlos nach rechts mit seitenverkehrter Prozedur. Jede Seite kommt fünfmal dran. Man spürt förmlich, wie sich der Lendenwirbelbereich lockert. Problematisch wird es, wenn Leute hinter einem sitzen und diese sich durch meine Blicke gestört fühlen, da ich den Kopf unweigerlich mit bewege.

Ich erwecke dann den Eindruck, dass ich alle Leute beobachte, oder dass ich nicht ganz dicht bin, ich mit meinem Herumgewackele.

„ Ey, was kiekste denn so blöde," musste ich mir mal anhören lassen.

„Ich mache meine Dehnübungen," sagte ich pflichtbewusst und aufrichtig, ohne mir meinen Gesprächspartner näher anzuschauen.

„Na pass mal uff, dass ich Dir nicht wat verdehne."

„Lass das mal meine Sorge sein." erwiderte ich mutig.

„Willste eene uff's Maul haben, Schnösel?"

Drei Reihen hinter mir sah ich einen Zwei-
meterschrank sitzen. Anscheinend fühlte er
sich auf den Schlips getreten. Den Mann hatte ich gar nicht richtig gesehen. Er trug Drei-
tagebart, Nasenring und nippte an einer Do-
se Bier.

-Haben Sie Dich aus dem Gatter gelassen?

„Na dann mal Prost, lass Dir Dein Bier
schmecken, ich meine es ja nicht so," ent-
gegnete ich mit ein wenig Demut und versuchte, mit meiner entwaffnenden Art die
Situation zu retten. Nur keine Eskalation
wegen einer Nichtigkeit. Aber leider ist es
eine Eigenschaft unserer modernen Gesellschaft, Situationen eskalieren zu lassen, deren Ursprung ganz alltägliche unwichtige
Dinge sind.

„Ick hab` Dir dat Du nicht angeboten," kam
es schroff zurück.

Was möchte die angetrunkene Hohlbirne nun?
Läuft wohl auf reine Provokation hinaus? Es ist
also Vorsicht geboten!

-Zieh` ihm eene rin !

-Das wäre Selbstmord, Bandy. Meine Band...ääh also Du bist für solche gewaltvollen Aktivitäten nicht stabil genug.

-Ich schon, aber Dein Unterbewusstsein nicht. Darin liegt das Grundproblem. Der Typ ist zu bertunken, schau´ ihn Dir nur genau an.

-Du willst mich doch nicht in eine Prügelei verwickeln?

Was war nur mit meiner Bandscheibe los? Wollte sie mich doch tatsächlich ins offene Messer laufen lassen. Oder stand meine Bandscheibe auf Agro und besaß eine gewaltliebende Vergangenheit.

-Ich möchte ja nicht wissen, in welche ominösen Körper Du überall gesteckt hast.

-Was soll das jetzt heißen?

-Überleg mal, ich bin jedenfalls für die defensive Variante!

Auch ohne meine Rückengeschichte hätte ich nichts gegen diesen Typen ausrichten können, er wirkte einfach zu übermächtig.

Zunächst erwiderte ich nichts.

„Mann, ich rede mit Dir!"

Darauf drehte ich mich um und sah ihn ruhig und klar an. Ich fixierte ihn und blieb geräuschlos und erkannte, dass er wirklich angetrunken war. Seine Augen drehten sich kurz. Er sah mich scheinbar zweimal und wusste nicht, wohin er schauen sollte. Eigentlich konnte er einem leidtun. Erstaunlich war die Diskrepanz zwischen dem Grad seines Gesichtsausdruckes und dem Grad seiner Artikulierung. Das passte nicht.

Dann stand ich auf, dachte an die Alpspitze, blickte ihn an und sah seine Augen größer werden, ging an ihm mit leichten Herzklopfen vorbei, nicht wissend, was passieren mochte. Wir beide blieben stumm, er schaute mich nur verblüfft an, nicht erkennend, wie es um ihn geschah. Kein Ton, nichts. Stille. Ich ging die Stufen nach unten und stieg an der nächsten Haltestelle aus, um auf den nächsten Bus zu warten. Gott sei Dank blieb der Mann sitzen und kam nicht hinterher. Aus Respekt vor meinem Körper hatte ich genau richtig reagiert.

-Siehste Bandy, so kann es auch funktionieren.
Bandy antwortete nicht. Sie wusste, dass ich
Recht hatte.

17 Zieleinlauf

Derzeit bin ich in einem Modus der alltäglichen Zufriedenheit angekommen. Wenn der Mensch mit etwas zufrieden ist, ist das einerseits positiv zu sehen, andererseits lechzt die Seele nach Innovationen und Neureizen. Zufriedenheit auf dem gleichen Niveau kann Eintönigkeit und Langeweile hervorrufen. Man kommt in den Einschlafmodus. Stillstand. Gleichstand ist Rückschritt.
Daher habe ich eine stillschweigende Vereinbarung mit mir und meinem Körper getroffen. Auch wenn es meinem Rücken gut geht, bin ich nicht mit dem Istzustand zufrieden, da ich aus Erfahrung weiß, es könnte besser sein. Meine Freundin kann ein Lied davon singen. Nicht dass ich klage und in Selbstmitleid verfalle, ich bin natürlich über den momentan Istzustand überglücklich.
Es wäre aber der größte Fehler, sich nun zurückzulehnen und mein Trainingspensum herunterzufahren, geschweige auszusetzen.

Es muss immer weiter gehen, immer weiter immer weiter, ganz nach dem Motto eines weltberühmten deutschen Fußballtorwartes a.D.

Es gibt immer wieder neue Grenzen zu ziehen und neue Reize zu setzen. Ich versuche Wege zu finden, um Verbesserungen sichtbar, bzw. in meinem Fall spürbar zu machen. Ein richtig guter, ambitionierter und disziplinierter Leistungssportler ist nie mit seinem sportlichen Istzustand zufrieden, auch wenn er noch so viele Erfolge vorweisen kann, er will sich und kann sich immer wieder verbessern. Berühmte Sportler hätten sonst in ihren Sportarten nicht den wahnsinnigen Erfolg vorweisen können. Entscheidend ist natürlich, dass ich mich bei meinem Vorhaben nicht unter Druck setze und immer noch ein Lächeln im Gesicht habe. Da ich nun mal kein Leistungssportler, geschweige ein berühmter Sportler bin, dürfen die Freude und der Spaß nicht verloren gehen. Man darf die Sache nicht überreizen und zu verbissen sehen, sondern sollte mit einer Prise Lockerheit und Freude den gesunden Mittelweg einschlagen. Eine ordentliche Portion Ehrgeiz und Disziplin dürfen selbstverständlich nicht fehlen. Ohne Ehrgeiz keine Disziplin, ohne Disziplin kein Ehrgeiz. Wenn ich an Disziplin denke, denke ich nicht an den deutschen Bürokratismus oder an deutsche Pünktlichkeit, ich denke auch nicht an die Bundeswehr und ihren Soldatenspinden. In meinem speziellen Fall, und das gilt natürlich für alle Menschen, die auf Ihren Körper und auf Ihre Gesundheit achten, verstehe ich unter Disziplin die Grundeinstellung zum eigenen Körper und das eigene Selbstverständnis zur Gesundheit. Ich versuche, mich immer wieder zu erziehen und mich daran zu erinnern, gesund bleiben zu wollen, damit ich stabil gehen und gut wandern kann. Besitzt man diese Ideologie, dann klappt es auch mit der Ambition.

Wenn es meinem Körper gutgeht, dann geht es auch mir und meiner Seele gut.

Die Körperzellen werden es einem danken. Wenn sie intensiv spüren, dass ihr Oberguru es mit seinem Körper Ernst meint und er respektvoll und sorgsam mit ihm umgeht, dann werden sie vor Freude durch den ganzen Körper hüpfen. Das hebt die Stimmung, das ist gut für den Kreislauf und für den gesamten Organismus. Um es auf den Punkt zu bringen: es läuft dann alles rund.

Ich helfe meinen Zellen, meine Zellen helfen mir, es ist eine wunderbare Symbiose zwischen uns entstanden.

Liebe Zellen, liebe Engel, lieber Gott, liebes Universum, vielen Dank, dass es mir zur Zeit so gut geht. Ihr habt mir die Kraft und den Willen gegeben, meine Rückengeschichte aus einem anderen Blickwinkel zu sehen.

Ihr habt mir eine neue Sichtweise gegeben, mit meinem Körper anders umzugehen als vorher. Durch Euch habe ich gelernt, meinen Körper neu zu verstehen und neu zu entdecken. Dank Euch werde ich eines Tages auf der Alpspitze stehen und tief hinab ins Tal schauen können, durch welches ich wanderte. Wenn ich mich dort oben am Gipfelkreuz befinde, werde ich endgültig am Ziel sein.

Diese Wanderung wird sich wie ein Spiegelbild in meine Seele einbrennen. Sie wird mir den Weg zeigen, die Täler, die Hügel, die Hindernisse, die zu überwinden sind, um irgendwann gesund am Ziel zu stehen. Die Wandertour auf die Alpspitze wird meinen eigenen Gesundheitsweg reflektieren. Das werde ich aber erst richtig begreifen, wenn ich dort oben angekommen bin. Habe ich den Gipfel erreicht, ist der Weg jedoch noch lange nicht zu Ende. Es wird immer weiter gehen. Der Abstieg ins Tal ist genauso eine Herausforderung wie der Aufstieg. Der Aufstieg kostet viel Kraft und Energie, auf dem einige Hürden zu meistern sind. Ohne gesunden Ehrgeiz funktioniert dieses Vorhaben nicht. Ebenso ist es wichtig, respektvoll und diszipliniert mit seinem

Körper umzugehen, genügend Pausen zu machen und ausreichend zu essen, Kräfte einteilen und an den Abstieg denken. Folgendes Wandermantra sollte man verinnerlichen:

Gehe achtsam und wachsam, gehe konzentriert und geduldig, sei nicht leichtsinnig , habe Respekt vor der Natur, vor dem Berg, vor den Tieren und vor den Menschen, die in dieser Gegend leben!

Der Abstieg ist vergleichbar mit dem Zeitraum aus der Gesundheitsgeschichte, der den Modus der alltäglichen Zufriedenheit umreißt. Im Gefühl des sicheren Gipfelsturms kann die Konzentration schwinden und sich Leichtfertigkeit an deren Stelle setzen. Auf diese Weise wird das Wandermantra auf den Kopf gestellt. Daher ist es unabdingbar, beim Aufstieg bereits an den Abstieg zu denken, damit der Respekt vor dem Abstieg rechtzeitig konserviert und der Ausgangsort der Wanderung erreicht wird. Genauso zeichnet sich der Gesundheitsweg ab. Kommt man an den Punkt, an dem man merkt, dass das Gesundheitsziel erreicht ist, sollte man sich nicht zurücklehnen und die Trainingseinheiten verringern, sondern immer weiter machen, damit man sich noch mehr stabilisiert und den Zustand behält oder sogar verbessert.

Für mich ist es ein wahnsinniger Erfolg, wenn ich noch viele Jahre auf die Alpspitze wandern kann!

Ich bin mit mir und meinem Körper im Reinen, ich bin ausgeglichen.

-So mein Freund, Du hast gerade den Einklang beschrieben, wir sind nun im Shangrila, der Heilige Gral ist gefunden.

Tschüß Baby.

Epilog

Im Klartext:

*„Eine **Bandscheibe** (lat. Discus intervertebralis) ist eine flexible, faserknorplige Verbindung zwischen Wirbeln. Sie gehört damit zu den knorpligen Knochenverbindungen (sog. Symphyse, Symphysis), vergleichbar dem Discus interpubicus der Schambeinfuge. Sie unterscheidet sich damit grundsätzlich von den faserknorpligen Zwischenscheiben in echten Gelenken (siehe Discus articularis). Die Wirbelsäule des Menschen besitzt 23 Bandscheiben. Ihre Anzahl variiert bei den übrigen Säugetieren mit der Anzahl der Wirbel. Zwischen dem Schädel und dem ersten Halswirbel (Atlas) sowie zwischen dem ersten und zweiten Halswirbel (Axis) gibt es keine Bandscheiben. Die Bandscheiben machen etwa 25 Prozent der Gesamtlänge der Wirbelsäule aus.*

Aus welchem Grund schreibe ich über die Bandscheibe? Hierbei handelt es sich keinesfalls um ein Medizinbuch, sondern um eine

Ansammlung von Anekdoten, die in ihrer Gesamtheit einen Sinn ergeben sollen.

Von der Bandscheibe hat schon jeder gehört. Man weiß, dass es sie gibt und sie zum menschlichen Körper dazu gehört. Aber richtig auseinander gesetzt mit ihr, haben sich nur Orthopäden, Krankengymnasten, Medizinstudenten und Menschen, die sich aus Krankheitsgründen in die Thematik dieser faserknorpligen Verbindung eingelesen haben.

Rückengesunde Menschen sind sich gar nicht darüber bewusst, wozu die Bandscheibe fähig ist. Alle Bewegungen und Verrenkungen, die im Alltag zwangsweise vorkommen, verdanken wir der Bandscheibe. Gewiss dürfen wir dabei unsere Wirbelsäule nicht außer Acht lassen und ihr ebenfalls eine ehrliche Danksagung aussprechen. Doch eines lässt sich nicht leugnen:

Ohne die Bandscheiben ist die Wirbelsäule nichts wert, es läuft ohne sie rein gar nichts. Das ist die nüchterne Wahrheit. Einige em-

pörte Seelen rufen jetzt nach dem Stellen-
wert der Wirbelsäule, der keinesfalls ge-
schmälert werden soll. Denn ohne Wirbelsäule verlieren die Bandscheiben ihre Funktion und befinden sich in einem luftleeren
Raum, in dem sie einfach nach unten
plumpsen und dort nutzlos liegen bleiben.
Das war´s dann mit der Bandscheibe.

Die Existenz der Bandscheibe ist unerlässlich mit der Wirbelsäule verbunden. Ohne
Bandscheibe aber verliert die Wirbelsäule
ihre Stabilität und Flexibilität, welches ihre
wichtigsten Grundeigenschaften sind. Wirbelsäule und Bandscheibe bilden somit für
den Menschen eine Art Symbiose. Diese
Symbiose ist für das alltägliche Leben der
Menschen unverzichtbar.

Also liebe Leser, klemmt die Pobacken zusammen, macht regelmäßig ein paar Übungen und immer schön locker bleiben, dann
bleibt es auch bei `ner gesunden Bandschei-
be und Ihr könnt Euch bewegen wie ein tan-
zender Derwisch.